メディアワークス文庫

後宮食医の薬膳帖3

廃姫は毒を喰らいて薬となす

登場人物

イラスト／夏目レモン

蔡《ツァイ》慧《フェイ》玲《リン》

後宮で唯一の食医。暴虐を尽くした先帝の廃姫であり、毒を熟知する白澤一族の叡智を受け継ぐ最後の末裔。

鴆《チェン》

怪しげな翳をもつ美貌の毒師。実は胥雕皇帝の嫡嗣で、皇太子として宮廷に戻ってきた。

明藍星【ミン ラン シン】
慧玲に仕える女官。明るく素直な性格。虫が嫌い。

麗雪梅【リー シュエ メイ】
春宮の季妃。胥雕皇帝の帝姫を出産した。

月静【ユェ ジン】
秋宮の季妃。祭祀を司る宮廷官巫の最高指導者。

胥欣華【シュ シン ファ】
現皇后。神秘的な雰囲気を纏う、謎多き人物。

胥雕【シュ ディアオ】
慧玲の叔父。先帝を倒し玉座につくが、天毒により崩御。

蔡索盟【ツァイ スォ モン】
慧玲の父。もとは賢帝だったが、後に処刑された。

目　次

第七章　南海の王と王鯛拉麵

大陸を統一する剋《コク》帝国は毒疫の禍《か》に見舞われていた。奇病が拡大を続けるなか、国の日輪たる皇帝がたて続けに命を落とし、民心は憂いに陰っていた。

毒疫はいかなる典医にも癒《いや》すことはできない。

ただ一人、特異なる後宮の食医を除いては――


後宮に春の風が吹いた。

だが、待ちに待った季節の風が連れてきたものは綻びだす梅の香ばかりではなかった。

春の宮でまたひとつ、くしゃみがあがった。

ほかの殿舎では女官たちがしきりに咳《せき》をしてる。

「起きたら喉がいがいがとしたので、酷《ひど》くならないうちに診ていただきたくて」

「喉がずいぶんと腫れておられますね」

後宮食医である蔡慧玲《ツァイフェイリン》は、妃《きさき》たちの診察をするため、春の宮を訪れていた。

舌診《ぜっしん》を受けているのは姚李紗《ヤオリィシャ》だ。李紗は昨年、様々な経緯を経て春妃《しゅんき》から退《しりぞ》き、妃に次ぐ嬪《ひん》という階級になった。

「風邪《ふうじゃ》にあてられたものとおもわれます。無理もありません。暖かくなったり寒くなったりと気候の落ちつかない日が続いておりますから」

後宮で、特に春の宮では、例年にないほど感冒《かんぼう》がはやっていた。

李紗が乾いた咳をする。検温し熱がないのを確認してから、慧玲は宮の庖厨《くりや》を借りた。

「藍星《ランシン》」

慧玲は側《そば》に控えていた女官に声をかけた。

明藍星《ミンランシン》は食医に配属された唯一の女官で、慧玲に恩を享《う》けてから忠誠を誓っている。

「まずは蓮根《れんこん》と生姜《しょうが》をすりおろしていただけますか」

「まかせてください。って、あれ？　なんだか、ふつうの食材ですね？」

藍星はやる気満々に袖まくりをしてから、意外そうに瞳をしばたたかせる。

「これまでだと薬をつくるとなれば、蟬《せみ》の抜け殻を挽《ひ》いたり毒の茸《きのこ》を煮こぼしたり、みたこともないような硬くてぬめぬめの果実を割ったりするところからだったのに」

「これは毒疫ではありませんからね」

特殊な食材をつかわずとも、薬になる。

蓮根はすりおろす。このとき、皮を剝《む》かないのが肝要だ。これを鍋にいれて、煮たたせないように気をつけながらまぜていると徐々にとろみがついてきた。残った蓮根は切りこみをいれてから、輪切りにする。梅のかたちをした蓮根ができた。

味を調えてから細葱《ほそねぎ》をちらし、生姜をしぼる。

「調いましたね、李紗嬪のもとに参りましょう」

椀《わん》についで、李紗のもとに運ぶ。

「こちら、蓮根と生姜の薬膳羹《スープ》でございます」

温かな湯気がほこほことあがる椀をみて、李紗が嬉《うれ》しそうに「まあ」と手を重ねて微笑する。みぞれのつゆのなかで梅花の蓮根がふわふわと舞っていた。

「……ふうふぅ……ん、素朴ですが、どこか懐かしい味わいで……ふふっ、おいしい」

李紗が瞳を潤ませて、息をついた。

「なんだか、喉の痛みがやわらいできたような。ほかほかと芯から温まって、朝から続いていた寒気がなくなりました」

言葉どおり、先ほどまで青ざめていた李紗の頰が微《かす》かに紅潮していた。

「これは、どのようなお薬なのですか？」

「まずは生姜です。生姜には身体《からだ》を温め、発汗を促して風邪を発散する効能があります。続けて蓮根をすりおろしたものは喉の痛みをやわらげ、咳をとめる薬として民間でも親しまれてきました。最後に葱ですが、葱は風邪にたいへん効果のある漢方のひとつで、季節の変わり目に低下してしまった免疫を高めてくれます」

慧玲はよどみなく語る。白澤《はくたく》の書を開くまでもない。

「特別なものをつかっているわけではないのに、こんなに効能があらわれるなんて、さすがは食医さんですね」

李紗が感嘆する。

「風邪は毒と違って、すぐには絶てません。朝夕にはかならずこちらを飲んでいただき、感冒が酷くならないうちに追いだしてしまいましょう」

「食医はまだいるか？」

突如として、診察中の部屋に踏みこんできた宦官がいた。

痩せているが上背があり、仮面を被り鼻から顎まで隠しているのもあって、独特な威圧感を放っている。彼は卦狼《グァラン》という。ほんとうならば声もかけずに嬪の部屋に入室するのはたいへんな非礼にあたるが、李紗が彼を咎《とが》めることはない。なぜならば彼は李紗が愛し、李紗を愛する男だからだ。

「春妃からのつかいの命婦《みょうぶ》が表にきてる。春妃の女官が酷い熱をだして、昨晩から寝こんでいるらしい。媛《ひめ》さんの診察が終わったら、そっちにいってやってくれ」

「承知いたしました」

卦狼は胡乱《うろん》な三白眼で慧玲を睨《にら》むようにみる。

彼は目つきが悪いだけで、別に睨みつけているわけではないのだとわかってはいるが、こうも視線をそそがれては落ちつかない。

「……あの、なにか、ありましたか？」

「いいや、すっかりと後宮食医になったもんだと思ってな」

「私は、もとから後宮食医ですが」

奇妙なことを言われて、瞬きを繰りかえす。

「んなことは知ってる」

卦狼はもつれた棘髪《おどろがみ》を搔《か》きまわして、思っていることが伝わらないことに苛だつような素振りをする。

「ずいぶんと頼られてるんだなってことだよ。いまとなっちゃ、表立って渾沌《こんとん》の姑娘だと疎んじるやつはめったにいないだろ」

裏ではまだ彼女を謗《そし》り、疎んじているものがいるということだ。それでも一年かけて築かれた信頼は堅い。まわりからの人望が、今は慧玲を護《まも》る盾となっている。

「有難《ありがた》い御言葉です」

慧玲は微笑《ほほえ》み、頭をさげた。

「私は、地毒を絶つその時まで薬であり続けます。いかにあろうとも。それが今は亡き雕《ディアオ》皇帝陛下との誓いですから」

雕皇帝が崩御してから、約ふた月が経《た》った。

時をおなじくして、六年間失踪していた皇太子が帰還し、宮廷はにわかにざわめいた。だが、民から信望を受ける欣華《シンファ》皇后が皇帝にかわり政《まつりごと》を執ると宣布し、宮廷の秩序はひとまず維持された。

皇帝がいなくなっても、後宮は変わらずに華の宮であり続けている。

慧玲もまた白澤の叡智《えいち》を継承する食医として、なすべきをなすだけだ。

「お前は揺らがねぇな、食医」

褒めているのか、あきれているのか、卦狼は微妙な苦笑をこぼした。


…………


李紗の宮まで迎えにきていた命婦の林黄葉《リンファンイエ》に連れられて、慧玲は続けて春の季宮《ときみや》にむかった。

季宮は芳醇《ほうじゅん》な梅の香りに満ちていた。豪奢な紅釉《こうゆう》の壺《つぼ》からあふれんばかりに梅が飾られている。新たな季妃がこよなく梅を愛するためだ。

「小鈴《シャオリン》はこちらです。ただの感冒だとは思うのですが、熱が酷く、雪梅《シュエメイ》様もたいそう懸念されています」

季宮には妃つきの女官の宿舎がある。小鈴は個室の寝台に寝かされていた。熱にうかされ、苦しそうに呻《うめ》いている。

「慧玲が参りました。すぐに診察させていただきますね」

酷い熱だ。舌診をしたところ、赤みを帯び、細かなひび割れができていた。高熱が続いているせいで、体内に流れる津液が蒸発して損なわれているのだ。

「熱があがるまえは異様に寒かったり暑かったりはしませんでしたか」

「そういえば、妙に暑くて……おかしいなと感じてはいたのですが、その時は熱もなかったので」

小鈴は喘鳴《ぜんめい》の混ざった嗄《か》れた声で、とぎれとぎれに喋《しゃべ》る。この様子では問診を続けるのも酷だ。

「承知しました。おつらかったでしょう。楽になりますから、ご安心くださいね」

「ありがとうございます。こんな熱、経験したことがなかったのでとても心細かったのですが、慧玲様がきてくださっただけで気持ちがすっと楽になりました」

小鈴はそう言って安堵の表情を覗《のぞ》かせる。安心は心の薬だ。まずは患者に安堵感を与えることが医師の役割である。あとは信頼にこたえるだけだ。

庖厨を借りて、調薬をはじめる。

藍星はいそいそと銅の卸金《おろしがね》を取りだす。

「風邪には生姜ですよね！　ふっふっふっ、おぼえましたよ」

「いえ、李紗嬪と違って小鈴様は熱感の感冒ですので、体温をあげる生姜は逆効果になります」

「ええっ、そうなんですか！」

がびぃんとなって、藍星がつぶらな瞳をさらにまんまるくする。

「風邪にはふた通りあります。寒邪《かんじゃ》をともなう風寒《ふうかん》と熱邪《ねつじゃ》が加わる風熱《ふうねつ》です。どちらの邪がもとになっているかで、処方する薬も違ってきます」

「確か、風邪の時は大抵が葛根湯《カッコントウ》、麻黄湯《マオウトウ》を処方しますよね」

「よく勉強していますね。その通りです」

敬愛する慧玲に褒められ、藍星が一転してえっへんと胸を張る。

「そもそも感冒の時に熱があがるのは人に備わっている免疫が、風邪を排除しようとするためです。なので、むやみに熱をさげず、葛根や麻黄といった漢方によって温めることで風邪を絶つのが最良と考えられます。ですが、熱が続いている時はそのかぎりではありません」

辛涼解表《しんりょうげひょう》、つまりは涼の効能がある薬が適する。漢方においては風熱に処方するのは板藍根《バンランコン》や銀翹散《ギンギョウサン》だが、食材ならば。慧玲は荷をほどき、離舎《りしゃ》から運んできた食材から白菜と大根を選ぶ。

「大根や大根の葉、白菜を切ってから塩を振り、揉《も》んでしぼります」

大陸では野菜は煮るなどして食べるのが基本だが、涼の効能を得るには加熱を避ける。

「大根と白菜には余分な熱を解き、臓の、特に肺の乾きを潤す効能があります。昨晩から煮こんでおいた鶏《とり》がらのだしに浸し、細かく刻んだ昆布と一緒に漬けこみます。最後に胡麻《ごま》を散らすので、白胡麻を炒《い》っておいていただけますか」

「了解です。この昆布にはどんな効能があるんですか」

「大根と白菜とおなじく熱をさげますが、微々たるものですね」

「それなのに、いれるんですか？」

「いかに効能があろうと、口に旨《うま》くなければ薬ではありませんから」

隠し味ですよと微笑みかければ、藍星はなるほどと瞳を輝かせた。

しばらく経って、薬ができあがる。

「大根と白菜の涼拌小菜《ナムル》です」

小鈴は黄葉に助けられながら身を起こして、小鉢に箸をつけた。

まずは大根をひとくち。ぱりっと心地のよい音が弾《はじ》け、熱にうかされていた小鈴の目がぱちりとひらいた。

「……あぁ」

息ひとつ、それだけでわかる。熱邪に侵されたその身が欲してやまなかったものにめぐり逢《あ》い、細胞の隅々まで歓喜していることが。

「慧玲様のお薬は、やさしい、ですね」

白澤の手に掛かれば、ありふれた食材が最良の薬となる。

「効能だけではなく、口あたりも。唐辛子をつかわれなかったんですね？　患者の負担にならないよう、細部にまで御心を砕かれているのがわかります」

そう、本来ならば涼拌小菜には唐辛子を細かく刻んだものや胡麻《ごま》油《あぶら》をまぜる。だが感冒で弱っている患者の身には強いだろうと敢《あ》えて抜いた。小鈴もまた日頃から庖厨で調理をする女官だから、それがわかったのだ。

再度検温したところ、熱が落ちついてきていた。ひとまずは安堵だ。

「涼拌小菜は三日分ほど漬けておいたので、食事がとれる時に少量ずつでもお召しあがりくださいね。あとは水分補給を心がけて、そうですね、額に濡《ぬ》れた手巾《てぬぐい》を乗せるのも効果があるとおもいます。日が暮れて熱があがったらお試しください」

小鈴の看病は黄葉にまかせ、慧玲は藍星と一緒に宿舎を後にする。廻廊《かいろう》にいてもあちらこちらから咳やくしゃみをする声が聴こえてきた。

「せっかくの梅の時季《じき》だというのに、いやになっちゃうわよね」

華やかな妃が声をかけてきた。「雪梅嬪」と言いかけて、彼女はすでに春妃なのだと思いなおす。

麗雪梅《リーシュエメイ》――彼女が春妃に就いた時の季儀《ときぎ》はたいそう華やかだった。季儀とは新たに季妃となる者が舞妓や奏者を引き連れて四季宮を廻り、皇后のいる貴宮《たかみや》で宣誓をして自身の季宮に還《かえ》るという儀式だ。雪梅はこの経路を舞いながら通った。梅の舞姫らしく誇らかに。華やかなものに特には感銘を受けない慧玲でさえ、雪梅の舞姿には胸が高まった。

「雪梅妃は不調をきたしてはおられませんか？」

「だいじょうぶよ、いまのところはね。例年でも女官たちが寝こんだりというのはたまにあったけれど、ここまで酷いのはそうはないわ。でも、よかった。貴女《あなた》の薬があれば、この感冒騒ぎもじきに終息するでしょう」

雪梅には産まれたばかりの帝姫《ていき》がいる。感染したらと案じていたに違いない。薬を処方するので懸念は要りませんと力づけたいところだが、雪梅に嘘《うそ》はつけなかった。

「実を申しますと、感冒に薬はございません」

思いも寄らなかった言葉に雪梅が眉を曇らせた。

「どういうことなの」

「どの漢方も感冒の諸症状を抑えるだけで、根本にある風邪を絶つのは患者自身です。感冒は免疫によってしか治癒しません。今後も感冒の薬はできないでしょう」

冬から春にかけては寒暖の差が激しく肝《かん》が衰えやすい。免疫が低下すれば、風邪が侵入する。風邪は百病の長だ。

「よって、風邪に侵入されない基礎をつくることが肝要になります。食医の本懐は未病を治療することとです。よい睡眠を心がけ、鶏卵、人参《にんじん》や牛蒡《ごぼう》、蓮根、芋等《など》の根菜類を食すようになさってください」

慧玲は荷を解《と》いて、ある物を取りだした。

「こちらは蓼藍《タデアイ》の根を煎じた茶です」

蓼藍の葉は板藍根という漢方のもとだ。藍染の染料としてもちいられる。蜘蛛《くも》や蛇の解毒、虫除《むしよ》けとしてもつかわれるが、根には解熱、抗菌の薬能がある。

「これを飲めば、風邪を絶てるのかしら」

「いえ、飲むのは感冒にかかってからです。予防としては茶を淹《い》れ、さましてからうがいにつかってください」

「心強いわ」

雪梅は梅が綻ぶように微笑んだ。

いまは春の宮が感冒騒ぎとなっているが、ほかの宮にも拡大するおそれがある。慧玲は藍星に茶葉を渡して、夏秋冬の宮にも配給するようお願いした。

慧玲は引き続き、妃嬪《ひひん》の診察にむかわなければ。

「ちょっとだけ時間はあるかしら。殷春《イエンチュン》の白梅が咲いたのよ」

殷春とは雪梅が唯一愛した宦官だ。はからずも、彼の遺《のこ》した毒が慧玲と雪梅の縁を結ぶことになった。

「左様ですか。ぜひともご一緒させてください」

雪梅に誘われ、慧玲は梅園に赴く。嬪だった時は梅園のなかに宮があったが、春の季宮からだと橋を渡らなければならなかった。

水仙が咲《わら》う水庭を渡りながら、雪梅がぽつりと言う。

「春は変わらず廻るけれど、あらゆるものが変わり続けていくのね」

「宮廷は、変わりましたか」

雪梅は舞姫として宮廷の宴《うたげ》に参加することもあるため、後宮の妃のなかでは最も宮廷の事情に通じている。

「そうね。皇帝陛下が崩御してから、宮廷のなかはまるで冷戦状態よ」

雪梅は辟易《へきえき》するとばかりにため息をついた。

「皇后陛下が統制しておられるとはいえ、あの御方は権力を握ることにはご執心ではないから。今後誰が実権を握るのか、権力者たちの睨みあいが続いているわ。新たにあらわれた風水師の……ああ、違ったわね、皇太子様に取り入ろうとするものも後を絶たないでしょうね」

鴆《チェン》か。元宵祭《げんしょうさい》の晩から、鴆とは逢《あ》っていなかった。

　彼は宮廷の欲にまみれた毒に取りこまれるほど、愚かな男ではない。だから、宮廷が荒れていると聴いても懸念はなかった。

　慧玲は鴆を理解している。正確には、彼の毒を。

（だって、彼ほどに強い毒はいないもの）

　慧玲は微かに唇を綻ばせる。

「どうかしたの、なんだか嬉しそうね」

「いえ、なんでもございません。それにしても――毒疫も拡大を続けているなか、宮廷がひとつになって民のための薬となるべきなのに、内部で争い、腹の探りあいを続けているとは嘆かわしいことですね」

「荒れているのは宮廷のなかだけじゃないわよ。外でもかけひきが始まっているわ」

「外といいますと、地方の諸侯ですか？」

　地方政権というものがある。剋の領地は広大で、都に鎮座する皇帝だけでは大陸の方々まで統轄するのは困難だ。よって皇帝から権を預かり、地方を統べるものたちがいた。皇帝が崩御し、その統制が取れなくなっているというのは充分に考えられる。

　だが雪梅は眉の端をはねあげた。

「あら、違うわよ。外政よ。七日も前から、南海の諸島を統轄する蜃《シン》の王が宮廷を訪れているでしょう？　知らなかったの？」

剋は蜃との領海条約の締結を希望しているのだという。この条約の締結にむけて会議をおこなうべく、皇后は公賓として蜃の王を招聘《しようへい》した。もっともあの皇后が外政をするとは思えなかったので、鴆の政策だろう。

「私も迎賓の舞を演じたけれど」

眉を顰《しか》めて雪梅が声を落とした。

「荒っぽい王様だったわ。蜃は今でこそ海を統べる大国だけれど、もともとは海賊が建てた国で昔から蛮族の国なんて噂《うわさ》されていたのよ。公の場であんな態度じゃ風聞も否定できないわね」

日頃から酔った男たちを相手にし、あしらいかたも身につけているはずの雪梅ですら苦言を呈するほどなのだから、そうとうに酷かったのだろう。

これは単に蜃が野蛮というだけではなく、皇帝不在のため、他国から侮られているとも考えられる。

ふわりと風に乗って、梅の香が漂ってきた。うつむきがちにふせていた視線をあげれば、視界一面に絢爛《けんらん》たる梅園が拡《ひろ》がる。

紅梅にかこまれ、白い梅が雪崩《なだ》れるように咲き誇っていた。

雪梅が愛した殷春《おとこ》の梅だ。早春ということもあって白梅はまだ五分咲きだが、息をのむほどに雅《みやび》やかで、その梅のまわりだけは不思議と緩やかに時が進んでいるように感じられた。

「今春は例年になく花つきがよいでしょう。殷春が傍《そば》で励ましてくれているみたいで」

雪梅の声が、微かに震えた。

ああ、そうか。雪梅は心細かったのだ。

慧玲はいまさらに察する。

皇帝の御子を産んですぐに皇帝が崩御した妃の身を想えば、不安でないはずがなかった。彼女は強い。信頼するものにも弱音を洩《も》らすことはない。

殷春の前でだけはありのままの女の顔でいられたのだろうか。

雪梅は梅の根かたにかけ寄って、ふわりと袖を拡げる。

風が吹き、雪梅を抱き締めるように花びらが乱舞した。舞い散る梅のただなかに一瞬だけ、宦官服をきた男の背が過《よぎ》り、慧玲は睫《まつげ》をふせる。

「殷春様はいつまでも、雪梅妃の御傍におられるとおもいます」

あらゆるものが変わり続けるとしても。

きっと、たったひとつ、散らぬものが愛なのだから。

◇

黄昏《たそがれ》に星がひとつ、あがった。

まもなく帳《とばり》が落ちる。

依頼されていた診察をすべて終え、提燈《ちょうちん》が要らないうちに春の宮から離舎に帰ろうとしていた慧玲だったが、妙に騒がしい声が聴こえて足をとめた。

きゃあという妃妾《ひしょう》の悲鳴に続いて、男の声がする。

「なんだよ、ここには香粉《おしろい》臭い女しかいないのか。安っぽく飾りたてた女ばかりでつまらんところだな、後宮とやらはよ」

宦官がこんな野蛮な喋りかたをするはずがない。

声のぬしは廻廊の角をまがって、こちらにむかってきた。

慧玲は思わず身構える。

姿を現したのは異人の男だった。荒海《あらうみ》を想わせる碧眼《へきがん》に褐色の肌、大陸では希少な更紗《さらさ》織の服をきて、黄金の首飾りや腰飾りを幾重にも身につけていた。腰には剣をさげている。二十五歳ほどだろうか。細身だが筋骨隆々で背たけは卦狼と同じくらいか。

なぜ、後宮に男が——

慧玲をみて、男が目の色を変える。

「はっ、なんだ、いい姑娘《おんな》もいるじゃないか」

男はいきなり慧玲の腕をつかんできた。身を強張《こわば》らせる慧玲を強くひき寄せ、男はあろうことか緑絹の服をぬがせようとする。

「いやっ、やめてください」

慧玲は咄嗟《とっさ》に男の頬をはたいた。

男はまさか頬を張られるとはおもわなかったのか、虚をつかれたように碧眼を見ひらき黙る。だが、すぐにこらえきれないとばかりに笑いだした。

「くくっ、いいねぇ、気の強い姑娘《おんな》は好きだぜ。わかった。客室《へや》にこいよ、それだったらいいだろう？」

「やめてと言っているでしょう！」

「そう、いやがるなよ」

振りほどこうと抵抗したが、手首を握りこまれて身動きを封じられた。がさがさに荒れた指が喰《く》いこみ、折れてしまいそうに軋《きし》む。姑娘の細腕ではどれだけ頑張っても男にはかなわない。

「この俺に選ばれたんだ。歓んでもてなせよ」

せめてもの抵抗とばかりに睨みつけるが、男は喉を膨らませて笑うだけだ。

「非礼な振る舞いはそこまでにしていただこうかな、蜃の王」

聴きなれた声がして、慧玲が振りかえる。

胥鵬《シュヂェン》だ。これまでとは違い帝族の身分を表す紫の服に身をつつみ、銀製の髪留めに簪《かんざし》を挿している。彼は一瞬だけ剣呑《けんのん》な眼をして異人の男を睨みつけたが、すぐに愛想笑いを張りつけた。

「この宮廷の妃たちは、妓女《ぎじょ》ではない。まして後宮は男子禁制の庭だ」

「まともに食えるものもだせないんだ。女くらいは好きに選ばせろよ。それが遥々《はるばる》海を渡ってきた客人にたいするもてなしってやつじゃないのか」

異人の男が挑発するように嘲笑した。たいする鴆は温順に苦笑する。

「貴公は貴賓だが、客であるからこそ、こちらの規則には順じてもらわなければこまるよ。秩序を乱すならば、しかるべき処置を講ずるほかになくなってしまう。だが、それは私としても望むところではない」

「はっ、お堅いこったな、興がそがれた」

蜃王はつまらなそうに慧玲の腕を離す。背をむけ、遠ざかっていった。季節を違えてやってきた真夏の嵐のような男だったが、そうか、あれが蜃の――

「慧玲……」

鴆がかけ寄ってきた。

気遣うような眼差《まなざ》しに「たいしたことじゃないから」と言いかけて、なぜだか声がだせなかった。鴆はそんな彼女をみて、やり場のない憤りを滲《にじ》ませた。彼は外掛《はおり》から腕を抜くと慧玲の肩にふわりと掛け、抱き寄せた。

「……震えているね」

緑眼を見張る。言われてはじめて、慧玲は自身が震えていたことに気づいた。頭では些事《さじ》だとわかっているのに、いまさらに身が竦《すく》んでいる。未遂に終わったとはいえ、雕皇帝にされかけたことが、いまだに彼女の心を縛りつけているのだ。

「あとで殺す」

鴆が低くつぶやいた。

滅紫《めっし》に陰る睛眸《せいぼう》から殺意が滲む。

「公客として訪れている他国の王が宮廷で死んだとあっては、さすがに事だ。荷に毒蟲《どくむし》を紛れこませて、帰国後にかならず報いを受けさせる」

潜ませていた毒があふれてきて、こちらまで総毛だつ。

鴆は皇太子として振る舞ってはいるが、もとは毒師の暗殺者だ。彼が殺すと言えば、相手がいかなる身分のものだろうとためらわずに息の根をとめるだろう。いま、彼の毒を制さなければ、取りかえしのつかない事態になる。

「だめよ。このくらいのことで毒をつかうのはやめてちょうだい」

「……へえ」

しまったと思った時には遅かった。毒が矛先を転じて、慧玲にむけられる。

「あんたにとっては虫に刺された程度の取るに足らないことだったのか。意外だったよ」

　鴗は爪をたてるように慧玲の腕をつかんできた。先ほど男に握られたところを、上書きするように容赦なく締めあげる。

「だったら、いっそ――」

「だって」

　毒を喀《は》こうとする鴗を遮って、慧玲は声を張りあげた。

「おまえがきてくれたでしょう」

　鴗が不意をつかれたように息をのむ。

「私は、なにもされていない。おまえが、させなかった。だから、あれはもうなんでもないことよ」

　腕を締めあげていた指がほどかれた。

　鴗は降参だとばかりにため息をつき、眦《まなじり》をさげた。

「……僕が間にあっていなかったら、この場であいつを殺している」

　言葉だけではない。彼ならば、殺すだろうなとおもった。

　彼は皇帝という身分も宮廷も民すらもどうでもいいと考えている。ともすれば、呪わしいと怨《うら》んでいる。いつ捨ててもおかしくはなかった。

　彼が宮廷に留まって、皇太子という役を演じているのは先帝の姑娘たる慧玲を女帝にするという約束を果たすためだ。

慧玲に女帝になりたいという野心はひとかけらもない。

だが、天毒地毒の禍は索盟《スオモン》先帝の死から始まった。

皇帝となるにふさわしくなかった雕が麒椅《ぎょくざ》を奪ったことで麒麟は死んだ。いま、皇帝となるに能《あた》うものは慧玲だけだ。

慧玲はその身に麒麟の魂をかくまっている。

地毒を絶つには、慧玲が女帝となるほかに望みは残されていない。

元宵祭の晩に聴こえた麒麟の咆哮《ほうこう》についても、解らないままだ。

「ところで、蜃王がまともに食えるものがないとか言っていたけれど」

鴆から身を離して、話題を変える。

食医という役職もあってか、先ほどの話はどうにも看過できなかった。政客をもてなす宴なども催されたはずだが、そこで問題でもあったのだろうか。鴆はなぜか北廻廊の角に視線を投げていたが、微かに唇の端をあげてから、こちらにむきなおった。

「ああ、実はそれについて、食医である貴女の智恵《ちえ》を借りたくてね。後宮に渡ってきたところだったんだよ」

鴆によれば、蜃王は剋の宮廷に訪れてから一度も食事を取っていないのだという。

「この国は毒の飯しかだせないのか――そう言ったきり彼は箸をおき、杯をかわすことも拒絶している」

いかに豪華な馳走《ちそう》を振る舞おうとも、彼の態度は変わらなかった、と鴆は続けた。

「毒……ね。まさか地毒のことを知られたとか」

「可能性がないわけではないが、かぎりなく低い。毒疫のことを知っていたら、一国の王が危険を冒してまで訪問するはずがないからね」

毒疫については緘口令《かんこうれい》が敷かれている。宮廷の一部の官僚を除き、民は毒疫がいかなるものかを知らず、よって情報を洩らすこともない。もっとも剋が異常事態だということは、すでに国外にも知られているだろう。

今後のことを考えれば、春の花も愁いに曇る。

「こちらとしては、領海条約だけはなんとしても結びたい」

「どういった条約なの」

「大陸から蜃へ穀物を始めとする食物の輸出をするかわりに、蜃の領海における剋の貿易船の通航を認めてほしいという条約だよ」

剋は大陸を統一したが、海を統べるのは蜃だといわれている。これは蜃が南海を領有するほか、金塊が採掘できる島々を掌握しているためである。蜃がこの百年ほどで富を築き、大国となったのはこうした鉱物資源によるものだ。

資源はともかく、南海の海域を通航できないことは、剋が小大陸との貿易を進めるにあたって大きな障害となっていた。

「雕が碌《ろく》に政務をしていなかったせいで、経済が停滞しているんだよ。いまのところは民に影響するほどの景気後退には陥っていないが、僕の推測だと時間の問題だね」

領海条約の締結によって小大陸との貿易が盛んになれば、傾きかけた経済も持ち直せるはずだ。

「それに、この条約を通じて蜃と友好関係を結ぶことで、蜃からの侵攻という危険を先んじて取り除けられる。蜃は祖が海賊というだけあって、争い好きだからね。火種は根から絶っておくべきだ」

「かといって、必要以上に譲歩して契約を結んでもいけない。皇帝の死後、剋が弱体化したから、蜃に媚《こ》びているのだと取られかねないもの。小大陸にはあくまでも、蜃との友好関係を築きあげることで剋がさらに拡大した——と想わせなければならないわけね」

はったりだとしても、今後よけいな戦争を避けるためには必要なことだ。

「蜃にとっても、この条約を締結すれば、利するところがある。だが海路をあけ渡したが最後、こちらが条約を反故《ほご》にして蜃に侵攻、果ては鉱物を奪うのではないかと疑われているわけだ」

まずは公賓としてもてなすことで蜃の信頼を得て、この条約は友好関係を結ぶためのものだと理解してもらわなければ、条約の締結はとても望めない。だが、会食をかねた宴がそんなふうにぎすぎすとしていては、信頼を築くにはほど遠かった。

「食なくして人は非《あら》ず」

それは白澤の教えのひとつだ。

「政たるは人がなすものよ。争うも和するも食ひとつ――」

佳《よ》き食あれば、和する。

その理念に基づいて、慧玲は様々な難事を乗り越えてきた。食を通じて、こちらの誠意を示すことができれば、頑《かたく》なに拒絶する蜃の心をひらくこともできるかもしれない。

「わかった。私が食を調えましょう」

それにしても、妙だ。

雪梅の話だと宮廷に蜃王がきてから七日経つ。七日飲まず食わずであろうはずがない。戦場に持っていくような食物を持参しているのかもしれないが、それにしても調理は必要だろう。

「蜃王の連れてきた者たちが宮廷の庖厨を借りたりはしていないの？」

「いまのところは確認できていないね。宮廷の庖厨には衛官もつけているから、無断で立ちいることはできないはずだ」

庖厨の警備は宝物庫と変わらないほどに厳重だ。誰もが侵入できるようでは、絶えず毒殺の危険がつきまとう。

「蜃王いわく、宮廷の庖厨でつくられたものなんか食えない、だそうだ」

慧玲が考えこむ。

蜃王の指は酷く荒れていた。掃除や洗濯にかけまわっている女官ならばまだしも、身分のある男があれほど荒れた手指をしているものだろうか。それに女の化粧を過剰に嫌がるあの言動。趣味嗜好《しこう》の問題ではなかったとすれば――

慧玲のなかでひとつの答えが導きだされる。

「庭で火を焚《た》いた痕跡がないか、すぐに確認して」

鴆は眉の端をはねあげた。

「宮廷の庖厨で調理したものは食べられない、毒の飯ばかり。あれは挑発ではなく、言葉どおりの意味かもしれない」

◇

なんか、たいへんなところをみてしまった――

明藍星は震撼《しんかん》としていた。

板藍根茶の配達を終え、慧玲を捜していた。時刻から考えて、そろそろ離舎に帰ることだろうと北廻廊にむかったところ、思ったとおり慧玲がいた。

そこまではよかったのだ。

されど、その場にいたのは彼女だけではなかった。

腰に掛かるほどの髪をひとつに結わえ、紫絹《しけん》を身に帯びた貴公子。絶えず微笑を湛《たた》えているのに、どことなく不穏な凄《すご》みのある――

(あれって確か、鳩皇太子様じゃ……)

鳩はあろうことか、慧玲にかけ寄り、華奢な肩を抱き締めたのだ。

「！」

藍星はびくうっとなって廻廊の角に隠れた。

激しく動悸がする。

(はわわわっ、こっ、これは逢引《あいびき》というあれでは⁉)

まさか、そんな。

意外を通り越して、藍星はひっくりかえりそうになった。

藍星が知るかぎり、慧玲という姑娘《ひと》は薬ひと筋で、恋愛なんかする暇があれば蝉の抜け殻を集めているほうが、よっぽど役にたつといわんばかりだった。そんな彼女が、男と逢瀬《おうせ》。今晩は雪どころか、槍《やり》が降るのではないだろうか。

だが、考えてみれば、慧玲だって年頃の姑娘なのだ。

恋に落ちることもあるだろう。

敬愛する慧玲の恋愛ならば、藍星は全身全霊をもって応援したい。成就させてあげたい。その想いに嘘はなかった。

（ううっ、でも、なんでよりによって）

身分のある御方にこんなことを言ってはならないのだが、あれはぜったいに碌な男ではない。なにがどう、というわけではないが、藍星の勘が報《しら》せている。

鴆の側にいるだけで奇妙な悪寒がするのだ。

昨冬、毒蜈蚣《どくむかで》に咬《か》まれた時の痺《しび》れるような寒気とも似ている。あんなに毒々しい男が、慧玲のことを幸せにできるはずがない。

（慧玲様、まさか騙《だま》されてたりして）

ばれないようにもう一度、そろりと覗く。

ふたりはすでに離れていた。健全な距離だ。

安堵したのがさきか、鴆とばっちり眼があってしまった。

（やばっ——）

鴆はなにを思ったか、ふっと微笑みかけてきた。

人差し指を添えた唇は妙な艶《なま》めかしさを漂わせているのに「誰にも喋るなよ」という威圧感をともなっていた。

藍星は縮みあがる。悲鳴をあげないよう、慌てて口を塞いでから脱兎《だっと》のように逃げだした。

「～～～！」

ごめんなさい、慧玲様。

藍星の声にならない声が、暮れかけた春の雲間に吸いこまれていった。

◇

春の月は潤んでいる。

後宮から宮廷に渡された橋のたもとで、慧玲は鴆を待ちながらまもなく満ちるかというう月を眺めていた。程なくして鴆が戻ってきた。

「貴女の推測どおりだよ。宮廷の庭で火を熾《おこ》して調理をしていた痕跡があった。木製の串が落ちていたが、このあたりにはない植物でできていた。どう考えても蜃が捨てた物だ」

そもそも、宮廷の庭でたき火をしようなんて考える非常識なものはそういない。

「蜃王の今晩の夕食は終わったの？」

「これからだよ」

まだ日入《にちにゅう》（午後六時）を過ぎたばかりだ。

「私が調理する。宮廷の庖厨を借りても？」

「わかった。ほかに要るものはなにかあるかな」

慧玲は笄《こうがい》を挿しなおして、銀髪をひとつにまとめる。すでに緑眼は薬を扱う時の強い眼差しになっていた。

「鍋、まな板、庖丁《ほうちょう》、調理器具一式を新調して」

鴆は不可解そうに眉根を寄せた。だが、彼女の推測が誤っているはずがないとおもったのか、すぐに了解する。

「白澤の食をもって、蠹の鼻をあかしてくれ」


…………


「良い鯛《たい》ですね」

張りのある真っ赤な魚を、真新しいまな板に載せる。

鯛の眼は玻璃《ガラス》の珠《たま》を想わせるほどに透きとおり、赤い鱗《うろこ》が微かに紫や青の輝きを帯びていた。どちらも鮮度の良《い》い証《あかし》だ。

「まずは鱗落としをお願いできますか」

慧玲は鍋に湯を沸かしつつ、側《かたわ》らにいた藍星に頼む。

「えっ、あっ、はい」

「どうかしましたか？」

「ち、違うんです、なんでもないですよ、あはは」

先ほどから藍星の様子が変だ。

動きが硬くて、ぎくしゃくしているというか。愛想笑いばかりしているというか。

朝から無理をさせているせいだろうか。

「こんな時間帯から働かせてしまって、ごめんなさい。疲れているでしょう」

「そ、そんなそんなっ、とんでもないです。喜んで働かせていただいていますから、お気遣いなさらないでください」

藍星はそう言って、いつもどおりにてきぱきと調理の補助をしてくれた。

慧玲は庖丁を振るい、鯛を三枚におろす。頭《かぶと》はふたつに割った。塩を振り、しばらくしてから熱湯をかける。透きとおっていた身が微かに白濁する。これを鯛の霜降りという。この処理をすることで、臭みが落ちる。

本来は塩だけではなく酒も振りかけるのだが、敢えて酒はつかわなかった。

ここから、さらに旨みをひきだす。

網において直火《じかび》で炙《あぶ》るのだ。

「うわあ、いいにおいがしてきましたね」

「こんがりと焼きめがついたら、煮だしましょう」

さきに昆布でだしをとっておいた。炙った鯛の頭、身、中骨まで鍋にいれて、乾《ほ》し帆立、乾し椎茸《しいたけ》と一緒に煮だす。

「続けて、葱香脂《ねぎこうゆ》をつくります」

鶏皮を炒《いた》め、脂をだす。旨みのとけた芳醇な脂が鍋にたまったら鶏皮を取りだして葱をいれ、熱した鶏脂で揚げる。適度にこがしたら葱は別途に取っておき、脂を濾《こ》した。

黄金の葱香脂ができた。

「これを組みあわせるんですか？」

「そうですよ。いま、調えているのは拉麵《ラーメン》ですからね、鯛だしだけではあっさりとしすぎているので」

「わわっ、拉麵ですか！」

藍星が瞳を輝かせる。

「ただし、麵はこちらをつかいます」

慧玲が取りだしてきたのは細い乾麵だった。小麦粉を練って造る麵とはまるで異なる。

「粉絲《はるさめ》です」

藍星が意外そうにする。

「粉絲というと、緑豆からつくる麵ですよね。確か、城壁を造っていた貧しい兵たちが食べはじめたのが発祥だとか。気難しい王様が、豆の麺なんか召しあがるでしょうか」

「ご心配なく。豆だからこそ、食べてくださるはずです」

　慧玲は胸を張って微笑んだ。

「さて、そろそろ揚げ物の調理に移りましょうか」

　拉麺に後乗せするため、残しておいた鯛の身を揚げる。ただし宮廷でおもにつかわれている胡麻油ではなく、離舎から持ってきた油をなみなみとそそいだ。

「黄緑がかっていて、きれいですね」

「橄欖油《オリーブオイル》です。皮膚の解毒にもちいられ、肺、胃腸の乾燥を潤す薬です。貴重な物ですが、今晩はぜいたくにつかいましょう」

　揚げ物、清湯《スープ》、麺が一緒にできあがるよう、調理時間を考えながら動き続ける。茹《ゆ》であがった麺に透きとおった鯛の清湯をそそぎ、葱を散らして、からりと揚がった鯛を乗せた。

　最後に葱香脂を垂らす。

　宮廷料理にふさわしい品格のある拉麺ができあがった。

「調いました。熱いうちに運びましょう」

◇

宮廷の食殿はきわめて、きらびやかだ。

皇帝や皇后が食事を取るだけではなく、公賓をもてなす場でもあるため、豪奢《ごうしゃ》な調度で飾りたてられている。

如月《きさらぎ》ということで梅紋様の毛氈《もうせん》が敷かれ、春を連想させる豪奢な大壺がおかれていた。壁には梅の浮雕《レリーフ》が飾られ、彫刻が実体化するかのように本物の梅が挿されている。非常に雅やかで、客人にたいする歓迎の意が表れていた。

だというのに、食殿には春らしからぬ険悪な雰囲気が漂っている。

「今晩もまた、碌に食えもしない飯をあいだに挟んで、親睦会のまねごとか。はっ、御苦労なことだな」

側近を連れた鬠王が嗤《わら》う。

露骨な嫌みにも鴆は朗らかな微笑をかえした。

「大陸の宮廷料理は鬠の客人の口にはあわないようだね。今晩は趣向を変えて食医が調えた食膳を振る舞いたい。貴公にとっても、かならずや良き食卓となるだろう」

「どんなお偉い庖人《りょうりにん》が調理しようと変わらないさ。大陸の食は俺にとって、毒ばかりだからな」

扉がひらかれ、食膳が運ばれてきた。蜃王が眼を見張る。食膳ではなく、それを運んできた白銀の髪を結わえた姑娘の姿にたいして、だ。

「さっきの姑娘《おんな》じゃないか」

慧玲は食卓に膳をおいてから、優雅に袖を掲げて頭を垂れる。

「蜃王様に拝礼いたします。食医をつとめる蔡慧玲でございます」

蜃王が度肝を抜かれたとばかりに絶句した。だがすぐに眉を逆だて、食卓に身を乗りだす。

「女の分際で宮廷庖人だと……馬鹿にしているのか」

彼の指摘どおり、宮廷庖人は男の役職である。社会において身分が低く教養のない女に皇帝が食するものをつくらせるわけにはいかないと考えられてきたためだ。

蜃の側近も顔をみあわせ、続々と非難の声をあげた。

「女庖人というだけでもふさわしくないというのに、食医といえば医の官職ではないか」

「女がつける身分ではない」

「蜃を侮っているのでは」

喧々囂々《けんけんごうごう》と声が飛びかう。

慧玲は恥じるところはないとばかりに揖礼《ゆうれい》を続けているが、ついてきていた藍星はきよどきょどと視線を動かして身を縮ませている。

「我が宮廷では」

静かな声が喧騒《けんそう》を割る。鴆だ。

「能あるものにふさわしい官職を与えている。異論があるのならば、食してから言ってくれ」

ざわついていた側近たちが不承ながら退《ひ》きさがった。

「食医の膳が他ならぬ剋の総意だよ」

鴆にうながされて、慧玲は椀の蓋を取る。

「王鯛拉麵《タイラーメン》にてございます」

澄んだ清湯。春の浪《なみ》を想わせる細い白麵。椀のなかを悠然と渡るのは、海洋の王者たる鯛の素揚げだ。鮮やかな皮を残してからりと揚げてあるので、華やかで視線を惹《ひ》いた。

あたりに漂った磯《いそ》の香を嗅ぎ、蜃王の側近たちがこらえきれずに唾をのむ。

「こんなもの、食えるか」

だが蜃王は腹だたしげに吐き捨てた。

「拉麵は俺にとって毒だ。昔からまともに食えたためしがない」

「ご安心ください。王様の御身に障るものはつかっておりません。こちらは穀物をいっさいつかわず、緑豆だけで練った麵です」

虚をつかれたように蜃王が眉根を寄せた。

「どういうことだ」

「先ほどから『毒』と仰せになっていますが、それらは王様にだけ、毒となるものではございませんか？　毒味役には毎度異常はなかった。ですから、いまも毒味役をつけていない。違いますか」

側近たちがそろって、黙りこむ。

誰もが普通に食べている食事がなぜ、王にだけは毒となるのか、彼らも奇妙におもっていたのだろう。

「これまで毒が混入していたものは粥《かゆ》、包子《パオズ》、饅頭《まんじゆう》、拉麵と小麦や米等の穀物をつかった食膳ではありませんでしたか？　食後に不調をきたしたご経験から毒だと認識しておられるようですが、ほんとうは違います」

「なにが違うんだ」

慧玲は頭をさげて拱手《きようしゆ》しながら、続けた。

「毒のないものが毒になる。これは、人体の免疫が過剰に働いた結果です」

感冒と一緒だ。感冒の時に発熱したり、喉が荒れて咳がでるのは免疫細胞が身のうちに侵入してきた異物《ウイルス》を排除しようと攻撃するためだ。だが、まれではあるが、害のないものを異物と誤認して免疫が働きかけることがある。

「王様の御身は、害がないはずの穀物を毒と誤認し、強制的に排除しようとしている。その結果、呼吸困難、発疹《ほっしん》、発熱、腫れなどの諸症状があらわれるのです」

蜃王の手は荒れていた。あれは幼少期から発疹を繰りかえし、掻き壊してきた痕だ。化粧をした妃妾たちを強く拒絶していたのも、過去に触れあって発疹などに苛《さいな》まれた経験があるからだろう。それもそのはず、香粉には米粉が含まれる。

「誤認だと？　俺の勘違いだとでも言いたいのか？」

「とんでもございません。逆です。王様にとって、穀物は毒となる。最悪、命にかかわります。ですから、徹底して穀物を排除した食を調えました。小麦ひとかけらたりとも混入することがないよう、鍋なども新調しております。ご安心して、お召しあがりください」

蜃王が拉麵の椀を睨みつける。

揺れる視線からは強い葛藤がうかがえた。

誘惑がない、はずはない。

これまで食すことのできなかった拉麵を、食べられるかもしれないのだ。側近たちが日頃からあたりまえのように食べ「旨い」と言っていた麵。うらやましくなかったといえば、嘘になる。

「信頼できるとおもうのか？」

「……命を賭せば、信じていただけますか」

慧玲がひとつ、進みでる。

「この食が王様にとって毒となることがあれば、その時は、この命を差しあげます」

「へえ？」

蜃王が腰に帯びていた剣を抜いた。

剣の先端が慧玲の喉をかすめる。藍星が「きゃあ」と悲鳴をあげ、鴆は無言で双眸《そうぼう》を細めた。

「女の庖人なんかの命が、この俺とつりあうとでもおもっているのか？　たいした慢心だな」

「食医です」

怒気を剝きだしに凄まれてなお、慧玲は揺るぎのない眼差しに徹して、わずかたりとも臆することはなかった。

「そして、あなたさまは患者です」

「俺が患者だと？」

蜃王は訳がわからないとばかりに頭《かぶり》を振り、慧玲の喉に剣身を喰いこませていく。白い肌が破れ、血潮があふれだす。

震えていた藍星が弾けるように鴆のもとにむかい、懇願する。

「鴆様、どうか、慧玲様を助けてください。あれではほんとうに殺されてしまいます。おふたりは想いあっておられるんですよねっ、だったら――」

「僕は、助けないよ」

鴆は袖に縋《すが》りついてきた藍星の手をにべもなく振りほどいた。

「なっ、なんで」

酷薄な紫の眸《ひとみ》をひずませ、鴆が微かに嗤う。

「彼女は薬として争っている。白澤の一族たる誇りを賭してね。そうであるかぎり、僕は彼女のために動くつもりはない」

「そんな……」

「それに」

鴆の眼差しが一瞬だけ、やわらいだ。

「彼女は、あんなつまらない男に殺されはしないさ」

喉に剣を突きつけられながら、慧玲は朗々と声を張りあげた。

「医のあるところに貴賤《きせん》なし。ただ医師と患者がいるのみ――我が一族の教えです。私の調える食膳は薬膳です。毒とは相反するもの。どうぞ、薬をお楽しみください」

緑眼と碧眼が睨みあう。

医を語る姑娘の気魄《きはく》に圧《お》されたのか、観念したように視線を逸《そ》らしたのは蠆王のほうだった。彼は剣を鞘《さや》に収め、椅子に座った。

「箸を」

側近は戸惑いつつ、王に箸を差しだす。

臭みもなく旨みの風味だけを湛えた清湯を覗きこみ、蜃王がごくりと喉を動かした。ためらいを振りはらって、粉絲麵を啜《すす》りあげる。

「……うまい」

思わずといったように言葉が、落ちた。

弾むような食感の粉絲麵は鯛だしによく絡む。

魚と帆立の清湯はあっさりとしていながら、絶妙なコクがある。鯛は炙って余分な脂を落としておいたうえ、最後に葱香脂を垂らしたので、品のよい余韻だけが残るはずだ。

彼は鯛の素揚げに箸を伸ばす。

だが、その箸がとまった。察するに、過去には揚げ物でも発疹や喘息などの症状がでたのだろう。

「畏れながら、穀物に敏感な患者様には種子である胡麻も有害となることがあります。なので、宮廷でおもにつかわれる胡麻から絞った油は避け、橄欖《オリーブ》という実から抽出した油で揚げました。誓って、御身に障ることはございません」

腹をきめたように蜃王が素揚げを口に運ぶ。

きれいに揚がった鯛は清湯に浸っていたにもかかわらず、歯をたてれば、さくっと心地のよい調べを奏でた。あわ雪のような白身が顔を覗かせる。柔らかな身がほどけると鯛の脂がじゅわっとあふれた。

「は……」

蜃王がたまらずに笑いを洩らす。

「これだよ、俺はこれが食いたかったんだ」

剋の宮廷の食は穀物、野菜を始めとして、鴨《かも》、猪《ぶた》、鳩《はと》、鶏と陸の幸がほとんどで、魚介は鯉《こい》、鮒《ふな》などの淡水魚だ。時々海の幸があっても、ふかひれやあわび、海老《えび》など乾した物ばかり。この鯛もほんとうならば、乾物《ひもの》にするつもりだったとか。

海を離れ、遥々と剋の宮廷にきた蜃王にとっては、欲してやまなかった故郷の味に違いない。持参して庭で焼いて食べていたとしても、せいぜい魚の乾物か、乾肉《ほしにく》あたりだろう。

かみ締めたあと、彼がぽつとこぼす。

「ここまで旨い鯛は、蜃でも食ったことがないな」

あとは諸症状があらわれないかどうか、だが――

側近たちが身を乗りだす。

「陛下、御身に異常は」

「わずかでも異変があれば、あの姑娘《おんな》を斬り捨てて参ります」

だが、蜃王は頭を横に振る。

「その必要はない。これまでは食べてすぐに呼吸ができなくなった。いまは、なんともない」

念のため、彼は袖をまくりあげて発疹がないか確認する。昔の痕は残っているが、新しいものはなかった。

「緑豆の麵、だったか？」

「左様でございます」

慧玲がすかさず、補足する。

「緑豆は昔から解毒の良薬といわれ、大陸で親しまれてきました。炎症を抑え、免疫の誤認による疾患を緩和する効能がございます」

「博識だな。食医というだけはある」

「恐縮です」

蜃王は真剣な表情で椀に視線を落とした。

「――――この椀が剋の意なんだな、鴆皇太子」

拉麵は湯《スープ》と麵からなる。

ふたつが絶妙に絡みあい和することではじめて、美食として完成するものだ。

　王鯛拉麺は陸の幸にして民の食である緑豆を麺につかいながら、あくまでも海の幸を立てている。だが鯛の旨みをひきだしているのは土に根をおろす葱だ。

　これを、どう取るか。

　蜃の側近が声を荒らげた。

「食で政の意を語るなど、ふざけています」

「いいや、俺はそうは想わないな」

　蜃王が頭を横に振る。

「おまえたちも食ってみろ。食えば、解る」

　拉麺は側近全員に配膳されていた。豊かな魚介の香に食欲をそそられつつ、意地を張って拒絶していた側近たちがそろそろと箸をつける。

「これは……！」

　声にならない声をあげ、側近たちが貪るように食べだした。夢中になって舌鼓を打つ姿が雄弁に語っている。

「姑娘《おんな》……いや、食医だったか」

　蜃王は腰に帯びていた剣をはずして、椅子に立て掛けた。

　宮廷に訪れてから、かた時もおくことがなかった剣だ。あの剣は彼の疑いの象徴でもあった。それをはずして、蜃王は食殿に響きわたるほどの声を張りあげる。

「これまでの非礼を詫《わ》びる」

誰もが呆然《ぼうぜん》となった。傲岸な態度を貫いていた蜃王が頭をさげたのだ。

王たるものが女にたいして低頭するなど、あってはならないことだ。側近たちが箸を握り締めたままで青ざめる。

慧玲は畏縮してその場に膝をつく。

「どうか、そのようなことは――」

「俺は患者として医師に詫びているんだ。畏《かしこ》まることはないさ。ついでにもうひとつ、優秀な医師に頼みがある。俺が飲んでも毒にならない酒はあるか？」

蜃王の意を察して、慧玲が息をのんでから、静かに微笑んだ。

「ございます」

宮廷で飲まれる酒は黄酒《ホアンチユウ》、白酒《パイジユウ》、黒酒《ヘイチユウ》、醴酒《リチユウ》の四種だが、どれも穀物を醸して造るものだ。だが離舎にはひとつだけ、穀物をつかっていない異境の酒がある。藍星に声をかけ、ただちに持ってこさせた。

「葡萄酒《ぶどうしゆ》でございます」

華やかな紅の酒だ。杯を満たせば、芳醇な果実の香が拡がる。蜃王は杯を掲げて鴆とむきあった。

「――乾杯」

杯をかわして、ともに底まで乾かす。

同時に飲み乾すことで毒をまぜていないと証明するのが、乾杯の原意だ。これが転じて、乾杯は互いを信頼するという誓いになった。裏をかえせば、この時をもってはじめて、条約について話しあうだけの基盤ができたのだ。

食なくして人は非ず。争うも和するも食ひとつ。

その晩を境として、会談は条約締結の実現にむけ、着実に進みだした。

◇

「食医の姑娘《おんな》」

公客の晩餐《ばんさん》から一夜明け、北廻廊を通りがかった慧玲を呼びとめる声があった。頭上から聴こえたその声に視線をあげれば、宮廷と後宮を隔てる塀に鴌王が腰掛けていた。塀といっても、三階ほどの高さがある。身軽な王様だ。

「蔡慧玲だったか？」

「左様ですが、なにか急を要することがございましたでしょうか」

なぜ、後宮にいるのかと言いたいところだが、さすがにそれは不敬にあたる。こちら側に降りてこないところからして、塀から覗いているかぎりは男子禁制を破ったことにならないと思っているのだろう。

「今朝の飯も食医が監修したとか。乳酪《チーズ》をかけた土豆《じゃがいも》のやつが、特に旨かった。熱々で。礼を言っておきたくてな」

「恐縮です。王様の御口に入るものは今後私が監修および調理させていただきますので、ご安心いただければとおもいます」

「助かる」

頭をさげて通りすぎたいところだったが、蜃王はまだ言いたいことがあるらしかった。

宮廷の庭で摘んだらしい鐵月季花《クリスマスローズ》の花を弄びながら考えを巡らせ、口をひらいた。

「官吏が言ってた。おまえは宮廷の食医だが、後宮の妃でもあるとか」

「左様ですが」

「ってことは、あの微笑《わら》ってばかりの皇太子の妃になるのか」

思いも寄らなかった言葉に慧玲はぽかんとなった。

だが、そうか。意識したことはなかったが、鴆が皇帝になれば後宮の妃は総じて鴆のもとに嫁ぐことになるわけか。皇帝が替わって後宮の妃を入れ替えた事例もあるそうだが、希《まれ》である。後宮の役割は皇帝の妃をかこうばかりではなく、地方の氏族との繋《つな》がりを強くすることでもあるからだ。

「惜しいな」

蜃王の眼差しが熱を帯びる。

「昨晩だって、俺に剣をむけられてもおまえはちっとも動じなかった。たいしたもんだよ。それにくらべて、あいつは遠巻きに眺めてただけだ。おおかた剣なんかみたこともなくて臆してたんだろうよ」

鴆のことが気に喰わないのか、彼は鼻を鳴らして嘲笑する。

「はっ、あまったれてるよなァ。争いを経験したこともなく、飾りたてられた宮のなかで大事にされて、苦労知らずで育ってきたんだろうよ」

だから蜃と争いになるのをおそれ、尻尾を振っているんだろうと彼は言外に揶揄《やゆ》していた。

「……ふっ」

慧玲は思わず、噴きだしてしまった。

彼の想像が、真実とはあまりにかけ離れていたからだ。

蜃王が鈍感だというわけではない。鴆が巧妙に毒を隠しているというだけのことだ。

風水師の時からそうだったが、彼は根底にある血腥《ちなまぐさ》さを臭わせることなく、物腰穏やかに振る舞うことに秀でていた。

慧玲がなぜ笑ったのかが理解できず、蜃王が首を傾《かし》げる。慧玲は敢えて鴆の話にはふれず、彼が持っていたうす紅の月季花《ばら》を指した。

「王様が持っておられるその鐵月季花ですが」

まだ寒い冬の終わりから春にかけて咲き続ける希少な花。異境では聖なる祭《クリスマス》の名を冠する植物だが――

「毒ですよ」

もうひとつの異称は〈食《へ》すものを殺戮《ボルス》する〉という。

毒があるとは想ってもいなかったのか、蜃王が眼を見張り花を取り落とす。はらはらと風にさらわれて、何処《どこ》かにいってしまった。

「御手がかぶれるまえに水桶《みずおけ》に浸して、よく洗浄なさってください」

紅を差さない唇に微笑を湛えて、慧玲は忠告する。

「毒とは想えぬ毒にどうかお気をつけくださいますよう」

◇

「はっるのななくさ、ふっきのとう♪」

暖かな日が差す林のなかで、藍星はでたらめな歌を口遊《くちずさ》みながらなにかをせっせと収穫していた。

落ち葉から顔を覗かせた緑の芽を摘み、籠に入れていく。

「嬉しそうだね。ただそれはふきのとうではなく、よく似た毒の植物なんだけど、ほんとうに構わないのかな、食医の女官さん」

後ろから声をかけられ、藍星がびくうっと振りかえる。

「ヂェ、鴆様」

鴆はさわやかに微笑みかけてきた。

「って、えっ、これ、毒なんですか」

「ああ、それは走野老《はしりどころ》といってね。ふきのとうに似ているが猛毒で、誤食すると錯乱して走り続けるはめになる。だから、走野老だ。毎年この季節になると食中毒が後をたたない危険な草だよ」

藍星は青ざめる。

「わあん、慧玲様に喜んでいただけるとおもったのにぃぃ」

植物には食べられるものとそっくりな毒がたくさんあって紛らわしい。藍星は食医の女官になってから山菜と茸がきらいになった。ちなみに調理されたものを食べるのは好きだ。前につまみ食いさせてもらったうるいはねばりがあって、酢みそをつけると絶品だった。だが、このうるいは梅蕙草《バイケイソウ》という有毒植物と瓜《うり》ふたつだそうで、誤って死にいたることもあるのだとか。

「だが、毒かどうかの見分けもつかないのか」

微かだが、鴆の眼に毒が滲む。

鴆が露骨に毒を覗かせることはそう、ない。この段階で藍星は察した。このひと、実はめちゃくちゃ機嫌が悪いのではないか？　あの会食以降、蜃の王様がやたらと慧玲に馴《な》れ馴《な》れしくするせいだろうか。

あたらぬ蜂には刺されぬ。退却したほうがよさそうだ。

「えへへ、すみません、あらためて勉強します。そ、それじゃあ、私はこのあたりで」

「この程度の知識もなくて、よくこれまで解雇されなかったね。残念だけど、食医の女官はあまり、むいてないいんじゃないかな」

藍星はがびいぃぃんとなって、こなごなに砕けた。

だが、打たれ強さには定評のある藍星だ。涙目になりながら懸命に言いかえす。

「そ、そんなことないとおもいます。これはたまたまです。いつもだったらちゃんと毒じゃない草を選べますし、慧玲様はいっつも褒めてくださるんですよ。『藍星は働きものですね』『藍星がいてくれると助かります』って」

「へえ」

鴆が馬鹿にするように眼を細めた。

「慧玲はやさしいからね？」

嫌みたっぷりだったが、藍星は顔を輝かせた。

「そうなんです、慧玲様はおやさしいんですよ。おつかいから帰ってきたら、かならずお茶を淹れてくださるんです。慧玲様が淹れてくださるお茶はとっても、とっても、おいしいんですからねっ。この頃は風邪予防に柚子《ゆず》茶を淹れてくださるんですが、これがもう、あまくてとろとろで。頬《ほ》っぺたが落ちちゃうかとおもいましたもん」

「……ふうん」

鴆は不愉快さを滲ませ、凍りつくような空気を漂わせる。藍星は慧玲の自慢話ができることが嬉しくて気づかない。胸を張りながら最大級の爆弾を投下した。

「鴆様は慧玲様が淹れてくださった柚子茶、飲んだことあります？」

……………

「柚子茶ね。淹れてもいいけれど、ずいぶんといきなりね」

「構わないだろう？　貴女が淹れた茶を飲みたくなった、それだけのことだよ」

鴆が離舎にやってきたのはその晩のことだった。

彼は窓に腰掛けるなり、慧玲に茶を要求した。藍星との会話など知るよしもない慧玲は首を傾げながら柚子茶を淹れた。鴆は茶杯をまわして、柑橘《かんきつ》の香を充分に堪能《たんのう》してから口をつける。

「へえ、想像していたより甘いんだな。柚子の実を蜂蜜煮にしてあるのか。甘いものは好みじゃなかったが、酸味もあってこれは飲みやすいね」

「果醤《ジャム》みたいにするのよ。柚子は煮ることで栄養素が増えて免疫を高める効果があがるから、風邪にあてられやすい寒い時期にはぴったりなの」

鴆は煙管《きせる》を吹かしながら茶を飲む。

彼が喫する煙草には独特な芳香がある。

まず感じる香檸檬《ベルガモット》に似たほろ苦い香りは矢車薄荷《ヤグルマハッカ》だ。蜂を始めとした毒蟲を穏やかにする効果を持つ。異境では戦争時に茶葉のかわりにつかわれたが、青酸の毒を含むので多量摂取は危険をともなう。

加えて微かな白檀の香。寺院でたかれるものとは格違いの馨香《けいこう》だ。慧玲が調薬を再開しようとしたとき、声を掛けられる。

「今晩は月がきれいだよ、おいで」

誘われて、まだやることが残っているのに、とため息をつきながら窓のふちにすわる。それでいて、慌ただしいなかでも彼といると心が穏やかになるのだから、よけいに始末におえなかった。

「上弦の月だったのね。……知らなかった」

煙を吸いこんで、彼女はひとつ、息を継いだ。

「ずいぶんと慌ただしいみたいじゃないか。朝から晩まで後宮をかけまわって」

「そうね、妃妾がたが信頼を寄せてくれるようになったおかげで、早期に患者を診察できるようになったのは有難いことだとおもっている。薬がもとめられることそのものは喜ばしいことではないけれど」

「信頼、か。便利な言葉だね」

鴆がせせら嗤うように眸をゆがませた。

袖をぐいとひき寄せられる。

「そのうち、後宮中の妃妾が――いや、宮廷の官吏までもが貴女に薬をくれ、助けてくれと頼ってくるんだろうね。ひとつの薬を造るのに貴女がどれだけ神経をすり減らして身をけずっているのか、想像もしないでさ」

男とは想えないほどに細い指さきが疲れの滲む頰に触れ、緑眼を縁どる隈《くま》をなぞる。

「それは患者には知る必要のないことよ。それにおまえだって、私の薬を要する時はあるでしょう」

会食の食膳がそうだったように。

「……そうだね、役職を持てば望まないことだってせざるを得ない。だからせめて、毒師としては」

鴆はなにを思ったのか、煙管の紫煙をふっと吹きかけてきた。

煙をまともに吸いこんでしまい、慧玲が息をつまらせる。ただの煙草と違って害のあるものではないが、目にしみて微かに眩暈《めまい》がした。慣れていないせいか、あるいは疲れているからか。

「どういうつもり」

「さあ、なんだとおもう？」

「襦裙《きもの》に煙のにおいがついてしまうじゃない」

「つけるためにやってるんだよ。ちょっとした蟲除《むしよ》けだからね」

鴆は口の端を持ちあげ、嗤う。愉快なのか、不愉快なのか、ちっともわからなかった。

朝には薬のにおいで上書きされるだろうが、藍星は鴆の煙草の残り香だと気づきそうだ。彼女は妙なところで勘がいいから。

そこまで考えて、そういえば藍星が薬の配達から帰ってくるなり「私、これからもっと、もぉおっと勉強しますから」と張り切っていたのを想いだす。

「いつかは慧玲様に頼っていただけるような立派な女官になります！　後宮食医にふさわしくなれるまで諦めませんよ！」

意気軒昂《いきけんこう》なのは頼もしいかぎりだが、藍星はすでに充分すぎるほど頑張ってくれている。書庫室から文献を借りてきて漢方薬の勉強をしたり患者の診察の練習をしたり、日頃から努力していた。なのに、なんでいきなりと思って、それとなく尋ねたところ、帰りぎわに鴆と逢ったのだとか。

「おまえ、藍星のことを虐《いじ》めたね？」

想いあたるふしがあったのか、鴆は細い眉をはねあげた。

「へえ、虐められたと言っていたのか。僕は親切心のつもりだったんだけどね」

「そうみたいね。ふきのとうを採集していたら、おまえにそれは走野老だと教えてもらって助かったと言っていた。でも、おまえのことだもの虐めたのだろうとおもって」

「さあ、どうだろうね」

鴆は空々しくうそぶいてから、毒気を抜かれたとばかりにつぶやいた。

「……ほんとうに毒のない姑娘《おんな》だな、明藍星は」

◇

「領海条約を締結する」

蜃の王が宣言したのは滞在最終日となる晩餐の時だった。

その晩の食膳では穀物の代替食をつかい、宮廷料理を再現した。特に大豆粉で焼いた荷葉餅《ホーイエビン》で脂の乗った炙鴨《あぶりがも》をつつんだ料理は蜃王からも絶賛された。ほかにも海鮮をつかった炒麵《チャーメン》、細かく刻んだ豆腐の羹《あつもの》、松の実をまぶして揚げた海老、スズキとあわびの蒸し物など贅《ぜい》をつくした美食が振る舞われた。

締めの甜点《デザート》を食べ終わった蜃王は満を持して、口をひらいた。

「締結にあたっては、そちらが提示した条件を受諾する」

鴆が持ちかけた条約には蜃に不利な事項はひとつもなかった。食物を流通させるにあたっては蜃の要望を優先し、小大陸との貿易による収益の一割を渡すとも言った。だから蜃が受諾するのは決まりきったことでもあった。ただ、蜃は二割を欲しがり、しばらくは交渉がまとまらなかったのも事実だ。

「だが、こちらからもひとつだけ、条件がある」

蜃王が給仕を務めていた慧玲の腰を抱き寄せた。

「この食医の姑娘《おんな》を嫁にくれ」

慧玲がぎょっとする。

鴆は微笑を崩さなかったが、眼差しが一瞬にして険を帯びた。

「なに、親睦の証として他国の姑娘を娶《めと》るなど、よくあることだろう。俺はこの姑娘がどうしても欲しくなった。後宮の妃は残らず皇帝の物になるんだろう？　雪梅という舞姫だって俺の好みではないが、好《よ》い女だった。だからひとりくらい嫁にだしても」

「残念だけれどね」

こまっているふうを装いながら、鴆はきっぱりと拒絶する。

「彼女を、交渉の貢ぎ物にするつもりはない」

「どうしてだ、女なんか総じて貢ぎ物だろう。女を渡すだけで条約が締結できて、航行区域も拡がるんだ。安いものじゃないか」

蜃王は食卓に肘《ひじ》を乗せ、身を乗りだす。わずかな曇りもない傲慢さを振りかざして、笑いかけてきた。

「蜃とは今後とも争わず、昵懇《じっこん》の関係を築いていきたいんだろう？」

「……勘違いなさっているようだが」

鴆の声が低くなる。

変わらぬ微笑から、ざわりと毒があふれだした。

「我等は蜃との親睦を望んでいるが、争いを避けたいわけではない。条約を結ばずとも蜃の領海を得ることはできる」

「……なんだと」

瞬時に鴆の意を理解して、蜃王の声が怒気を帯びる。

「それがどういうことか、わかってんのか」

侵攻し、領海を奪うこともできるという――あきらかな宣戦布告だ。

激情にかられて蜃王が振りおろした拳が、残りわずかだった杯を倒す。血潮がながれるように葡萄酒がこぼれた。

「剋が戦争を始めるつもりならば、蜃も容赦はしない。兵はもちろんのこと、無辜《むこ》の民まで大勢死ぬことになるぞ」

慧玲が息をのみ、鴆に糾弾の眼をむける。

このことが火種となって蜃との戦争が勃発したら、どうするのか。これまで食を通じて、地道に信頼を築きあげてきたというのに。鴆だってこれまで辛抱を重ねてきたのがむだになる。

「それが、どうしたのかな」

だが鴆は動じず、淡々と続ける。

「皇帝というのは秤《はかり》を持たなければならぬものだ。皇帝の秤とは重さではなく、真価を量るものでね。哀《かな》しむべくかな、その皿の上では千顆《せんか》万顆《ばんか》の石と琅玕《ぎょく》ひとつは等しい重さにはならない」

次期皇帝となるにふさわしい透徹した眼差しで、鴆は蜃王を見据える。

「何千何万の命よりも重い命はある。それを量るのが皇帝の秤だ」

言葉どおり、民草の命と引き換えても譲れぬ一線があるという意だが、それだけではなかった。

慧玲という姑娘には、蜃と戦争するだけの重さがある――

鴆は言外にそう宣《のたま》った。

女なんか貢ぎ物だ。航路がもらえるならば、安いものじゃないか——あれは侮辱だ。慧玲という姑娘を物として捉えることで、彼女の誇りを踏みにじり、尊厳を貶《おとし》めている。それにたいする意趣がえしだ。

柔順な微笑を絶やさず、ともすれば小胆だと侮られるほどに控えめな態度を取り続けていた鴆が、このような一石を投じるとは予想だにしてなかったのだろう。蛋王が絶句するなか、鴆は何処までも穏やかに語りかける。

「友好を結ぶのは果たしてどちらのためか。いま一度、考えなおしてはどうかな」

静かな緊張を経て、蛋王が弾けるように嗤いだす。

「は……ははは、皇帝が崩御して蛋におもねる臆病者になりさがったかとおもっていたが……」

碧眼で鴆を睨みつける。

「とんでもない毒を隠し持ってやがる」

睨みあいを経て、蛋王が身を退いた。解放された慧玲が戸惑いながら、鴆のもとに寄る。蛋王は椅子にかけなおして、脚を組んだ。

「貴公の言うとおりだ。この条約は蛋にこそ利するところがある。食物を安く輸入できるのも助かるが、大陸と友好を結べたことが最大の利だ。貴公のように底の知れない男がいるならば、よけいにな」

だが、これを是としなかったものがいた。

「畏れながら、陛下」

蜃の側近たちだ。彼らは一様に憤慨して、割りこんできた。

「領海条約は結ぶべきではありません」

「これだけ侮られて、唯々諾々とひきさがるおつもりですか。蜃の威信に賭けて条約は棄却するべきです」

「おまえらは、なにをみてたんだ」

蜃王はあきれて髪を掻きあげつつ、ため息をついた。

「鴆皇太子は一度たりとも、蜃を侮蔑するような態度は取っていない。……侮っていたのはこっちのほうだ」

彼は恥じるように目をふせ、頭を振る。金の首飾りが喧《やかま》しくぶつかりあった。

「それに――外政においては何処まで譲るかではなく、なにを譲らないかが肝要だ。臆して、易々《やすやす》と一線を譲るやつは信頼できない。そんなやつは他から追いつめられたり揺さぶられたりしたとき、すぐに条約を破る」

鴆は敢えて退かずに争いも辞さないとすることで、条約を結べば堅し、とも表したのだ。青竹のように風をまつろわせながら、嵐にも臆さぬ様をみせつけた。いまだって鴆は微笑するだけで、蜃王と側近たちの会話に触れることはない。

「剋は今後、蜃にとって信頼のおける盟友となるだろう」

蜃王が倒れた杯を掲げる。

すかさず、慧玲は新たな葡萄酒をそそいだ。真紅の血を想わせる酒が満ちる。血盟にふさわしい色だ。

「この時をもって、条約は結ばれた。両国に変わらぬ繁栄を！」


…………

この晩の宴は朝まで続き、歌や舞が披露され、蜃との協約が奏功したことを宮廷の端々にいたるまで知らしめることとなった。

◇

宮廷では身分のある官吏たちが廻廊の端に身を寄せ、ひそひそと昏《くら》い声を重ねていた。後宮の華ばかりが噂をするわけではない。表立っては喀けない毒を噂に潜ませ、徒党を組むのは男も女も変わらなかった。

ひと月ほど前には、殯《もがり》の宮に安置されていた雕皇帝の遺体が一晩にして骨になっていた、という奇怪な噂が実《まこと》しやかに囁《ささや》かれていた。だがさすがに不穏だと想われたのか、いつのまにか語るものがいなくなり、いまは鴆の風評が流布されている。

「皇太子が蛮屓《ばんしん》の王を招致して、阿《おもね》っているらしいぞ」

「軟弱な。剋の威信に瑕《きず》をつけるような真似《まね》をして」

「これだから、宮廷で育ってもいない落胤《おとしだね》を迎えるなど、得心がいかなかったんだ」

「大帝国の恥だ」

皇后につかえる佞臣《ねいしん》たちだ。なかには三師三公に属する太傅《たいふ》までいた。三師三公は官職の最高位にあたり、なかでも太傅は皇帝を助け、皇子への教育係を担っている。そのようなものまでもが皇太子に毒を喀くとは由々しき事態であった。

噂をすれば影というように鴆がその場を通りがかった。

官吏たちは聴かれていないかっただろうかと緊張する。太傅だけが白髪まじりの頭を低く垂れ、ささっと鴆にすり寄っていった。

「皇太子様、蜃からの公賓はたいそうお喜びになられ、先ほど帰国されたとか。内政に留まらず、外政にも熱心であらせられるとは。いやはや素晴らしい。この鯀《ガン》、感服いたしました」

鯀と名乗った太傅は先程までとは裏腹な態度で、鴆に媚《こび》を売る。

「鯀、貴公は雕皇帝が最も信頼をおいた側近だったとか。貴公ほどの者にそのような言葉をかけてもらえるとは幸甚だよ。皇帝になるには至らぬ身だが、教授の程を頼む」

鴆は愛想よく微笑んで謙虚な言葉をかえす。鯀は「恐縮でございます」と官服の袖を掲げた。腹のうちでは巧《うま》く取りいれば懐柔できそうだとでも想っているに違いない。

（せいぜい、僕のことを侮っていてくれ）

鯀とすれ違い、鴆は燈火《とうか》のついた廻廊を進んでいく。いまはまだ黄昏が残っているが、まもなく、日が落ちるだろう。

（操りやすい傀儡《かいらい》だと想われているくらいのほうがこちらも動きやすい）

鴆は宮廷のなかで、あるものを捜している。

ひとつは汚職の証拠だ。官費を横領しているものがいることはわかっている。一年前は左《さ》丞相《じょうしょう》が帳簿を書き換えていたが、他のものがいまだにそれを続けていた。証拠をつかみ、内政を腐敗させる高官どもを一掃する。

もうひとつは慧玲にまつわるものだ。

（皇帝になど、なりたいものか。麒椅は地獄の底の、底にある。そんなところに縛られるなんて願いさげだね）

そう理解していながら、彼は慧玲を女帝にしてやると約束した。だから、これは端から矛盾しているのだ。その言葉に潜む鴆の毒を知ったら、彼女はどうするだろうか。

臆するか。なおも笑うか。

(僕が欲しいものはただひとつだ)

風が吹き渡る。ふせていた視線をあげれば、黄昏の側らで月が満ちていた。どろりと蕩《とろ》けるような春の月だ。

皇后のもとに急がなければ。

腰に結わえた玉佩《ぎょくはい》を奏でて、鴗はうす昏い廻廊を進んでいった。

◇

黄昏の光に満ちた水晶宮のなかで、後宮で最も高貴な華が微笑んだ。

「ふふ、お疲れさま。きちんと務めてくれているみたいね」

車椅子に腰掛けた彼女は欣華皇后——摂政となった今は太后とするべきだが、皇后が「あら、皇帝陛下のお母様になったみたいでいやだわ」と言ったため、称は皇后のままとなっている。

「貴方《あなた》の分まで慌ただしくしていますよ」

鴗がため息まじりに肩を竦めた。

皇帝が崩御して、いまや彼女の威光は後宮に留まらず、宮廷をも照らしていた。

だがこの皇后、実は政務を完全に放棄しているのである。ついては皇后がなすべき政務まで、ひそかに鴆が執ることになっていた。

「ふふっ、助かるわ。政のことなんか、妾《わたし》はこれっぽっちも考えたくないのだもの」

皇后の背後で咲き誇る向日葵《ひまわり》が、風に吹かれてゆらゆらと踊る。

季節という概念から切り離された貴宮では、梅とならんで夏の花々まで盛りを迎えていた。

「ごほうびに欲しい物があったら、なんでも言ってちょうだいね。まあ、でも蜃とのことはちょっぴりざんねんだったかしら。剋が蜃と争うことになっても、それはそれで妾は嬉しかったのだけれど」

欣華皇后は向日葵よりも向日葵らしく微笑みながら、そんなことを言ってのけた。鴆はたんたんとなだめるようにかえす。

「海での争いは損ですよ。ほとんどは波にさらわれて、喰えたもんじゃないでしょう」

「あらあら、それはだめね。がっかりだわ。でも、妾はお腹が減っているの。とても、とてもよ？」

皇后は人を喰らう。

昨年までは戦場に赴いては戦死者の屍《しかばね》を喰らっていた。さながら化生《ばけもの》だ。雕皇帝は愛する皇后の腹を充《み》たすため、敵の侵攻を敢えて看過し、小さな争いを頻発させていた。

皇帝が骨になっていたという件《くだん》の噂も皇后が喰らったのではないかと鴆は疑っていた。

「七日後に都の北東の刑場で死刑が執りおこなわれます。旅人を襲っては命を奪い、金品を略奪していた賊です。加担していた宿屋もあわせて百余名。全員が磔《くしざし》の刑に処されて死後は化野《あだしの》に晒《さら》されますので、あとはお好きなだけ、どうぞ」

「まあ」

嬉しそうに皇后が微笑した。

「楽しみだわあ」

妄《みだ》りに争いを勃発させるより、罪人を死刑に処すほうが被害を抑えられる。皇后は別段死にかたにこだわりがあるわけでもない。

「貴方にとっては猪や鶏を喰らうのと大差ないのか」

鴆がぽつりとつぶやけば、皇后は瞳を見張ってから蕩けるように弛《ゆる》めた。

「雕とおんなじことを言うのね、あなた」

鴆が今度こそ、気分を害する。

雕皇帝は鴆の実の父親だ。だが、彼は鴆と母親に先帝暗殺のための禁毒《ごんどく》をつくらせ、捨てた。鴆は雕皇帝を怨んでいる。彼が死んだ今でも、想いだすだけで腹の底が燃える。

「ふふっ、だって、ほんとうにそっくりなんですもの」

鈴の転がるような笑い声が、鴆の神経を逆なでする。

鴆は胸に湧きあがる怨嗟《えんさ》をのみくだすため、ため息を挿《はさ》んでから話題を転じた。

「欲しい物はあるかと尋ねましたね。物はありませんが、ひとつ、望みがあります」

「あら、なにかしら。妾にかなえてあげられることだったら、いいのだけれど」

鴆が恭しく袖を掲げた。

「蔡慧玲に毒杯を渡す役割は今後、僕が受け持ちたい」

慧玲は身のうちに毒を喰らう毒を飼っている。その毒は月が満ちるごとに飢えをともなって、彼女を蝕《むしば》む。毒にたいする飢渇を満たせるのは宮廷の秘たる特殊な毒だけだ。もとは皇帝が慧玲に施していたこの毒は皇帝の死後、皇后が渡すことになっていた。

「ふふっ、もちろん、いいわよ」

皇后が側におかれていた鈴を振る。すぐに貴宮女官が入室してきた。

「例の物を、彼に渡してあげて」

「こちらにございます」

貴宮女官は青竹の筒を盆に載せ、差しだしてきた。鴆はそれを預かる。

これが宮廷で継承される特殊な毒か。

毒師が調毒しているのか。あるいは造られたものではなく植物などから取れる毒で、貴宮の庫《くら》にでも保管されているのだろうか。

鴆の宮廷で捜しているもうひとつのものが、この毒の素姓だ。

（この毒を取りこむことができれば、彼女を縛るものをひとつ、取り払ってやれる）

可能なはずだ。鴆はあらゆる毒を喰らい、人毒《じんどく》となったのだから。

「無理よ」

鴆は息をつまらせる。

皇后が虹を砕いてちりばめたような瞳で覗きこんできた。貴宮女官はすでに退室して皇后とふたりきりだ。

「あなたがなにを考えているのか、妾にはぜんぶ、わかるわ。けれども、やめておいたほうがよいでしょう。万の毒を身につけたあなたといえども、この毒だけは、飼いならせない」

皇后は愚かな子どもをたしなめるように語りかけてきた。噎《む》せかえるほどの花の香が妖しげに漂う。

「だって、これは」

言いかけて、彼女はうっそりと唇を噤《つぐ》んだ。

秘するが華、語れば毒というが如《ごと》く。

◇

月が満ちると、それは飢える。

頭が痺れ、思考はかきまぜられ、堪えがたい渇きが喉から胸まで燃やす。慧玲は部屋の隅に身を寄せて、息も絶え絶えに膝を抱えていた。

「はっ、はぁ……」

今朝から段々と飢えが酷くなり、昼頃には立っているのもつらいほどになった。診察と調薬を終えて藍星と別れるまではいつも通りに振る舞ったが、離舎に帰ってきたとたんに緊張が解けてこの有様《ありさま》だ。

食医として信頼されるようになってから続々と依頼が舞いこみ、慧玲は昼夜を分かたず後宮をかけまわっていた。地毒にかぎらず、医官が処方する漢方薬でも事足りる病でも、この頃は「是非とも食医に」と声が掛かる。

ほんとうは、いまだってこんなふうに倒れている暇はない。

(まもなく皇后様の使者がきて、毒をもらえる。それまでやり過ごさないと)

窓の月を睨みつつ堪え続けていると、微かに笹《ささ》を踏みわける音が聴こえてきた。ようやくきてくれたと安堵して、慧玲はふらつきながら表にむかう。

だが、そこにいたのは貴宮女官ではなかった。

「やあ」

「なぜ、おまえが」

風に吹かれて鴆がたたずんでいた。

昏い毒を漂わせ、彼は微笑みかけてくる。

「そっけないね。せっかく皇后からの毒をもってきてあげたのにさ」

鴆は袖から青竹の筒を取りだす。青竹のなかで毒がとぷりと浪うつ。それだけでも欲を掻きたてられて、慧玲はたまらず喉を鳴らした。

「ずいぶんとつらそうだね」

「……だいじょうぶよ」

飢えているところをみられたくなくて、青ざめた唇に強がりの微笑を張りつけた。微笑んでごまかすことが、いつからかくせになってしまった。だが鴆はごまかされてはくれなかった。

「へえ、そうはみえないけどね」

「たいしたことじゃない。毒があれば、朝までには落ちつくもの」

受け取ろうとしたが、鴆はふいと毒を持っていた腕をあげた。

鴆とは身長差があるので、つまさきだってても指さきがかすめるだけだ。慧玲は眉を逆だてる。

「どういうつもり」

「もちろん、あんたに毒を渡すつもりだよ」

「だったら」

「けれど、毒を飲むんだったら、今この場で飲め」

慧玲が頬を強張らせた。

毒を飲んだあと、慧玲は解毒できるまで一時錯乱する。意識がないのでおぼえていないが、肌を掻きむしった痕が残っていたり物が散乱していたりするので、醜態を晒すことは想像できた。

「いやよ」

「この僕でも、か」

息をのみ、緑眼を見張る。

鴆の表情は切なげにゆがんでいた。ともすれば睨みつけるような眼差しをしているのに、ひどくやさしい。

だから、張りつめていたこころが崩れてしまう。

彼は毒だ。慧玲が知るかぎり、最も強い毒。

強《したた》かであろうとする彼女のこころを蝕んで、突き崩す、ただひとりの毒。

戸惑っているうちに鴆は竹筒の栓を抜いた。

「明藍星にも麗雪梅にも知られたくないことでも——僕にだけは隠すなよ」

顎をつかまれて、無理やりに毒をのまされる。

抵抗したくとも貴重なものをこぼすわけにはいかず、喉にそそぎこまれた毒を飲みくだすほかになかった。

「っ……」

鼓動が弾けるように脈うつ。

碧《あお》い刺青《しせい》が肌に拡がる。孔雀《くじゃく》が舞いあがろうとするかのような、華やかでありながら残酷さをともなった紋様だ。毒紋は胸から侵蝕を進め喉に絡みついた。神経を焼きこがすような灼熱感に見舞われ、慧玲は足許《あしもと》から崩れ落ちる。

鴆は彼女を抱きあげ、離舎のなかに運んでいく。

鴆はそのまま寝台に腰をおろして、壁にもたれた。膝に乗せられた慧玲は後ろから抱き締められる格好になる。

「うっ、あ……」

身のうちが燃えて、呼吸ができない。

視界はすでに毒に侵されていた。

想いだしたくもない映像ばかりが、よぎる。姑娘を喰らおうとする先帝の飢えた眼。呪詛《じゅそ》を紡ぐ母親の唇。助けられなかった夏妃《かき》の死にざま。いずれも彼女にむかって、怨嗟を喀きかけてきた。

身を蝕むだけならば、いい。

だが、こころをも毒されて、意識が遠ざかる。

「っ……ふっ」

息もまともにできず、胸を掻きむしろうとすれば背後から腕をつかまれた。細い指が絡みついて、動けなくなる。

「言っただろう、あんたの地獄は残らず、僕のものだ」

息を吹きこむように鴆が囁きかけてきた。背筋が痺れる。

「好きなだけ、苦しみなよ。僕がみていてやるから」

やさしさのかけらもない。それなのに、その声は縋りつきたくなるほどにあまやかだった。慧玲は震える指を動かして、鴆の袖をつかむ。

奈落まで道連れにするようにひき寄せた。

鴆が微笑する。

毒の地獄に落ちていくとき、彼女はきまって、胸が張り裂けそうなほどの孤独感にかられる。だが、今晩は心細さを感じなかった。それはきっと――

(この地獄にはおまえがいてくれるから)

◇

さながら、翅《はね》を破られた蝶《ちょう》だった。

毒に蝕まれた慧玲は錯乱した。

声にならない声をあげて、細い脚をばたつかせ、強張った腕で空を掻き続ける。鴆が抱き締めていなければ、毒が抜けるまでに彼女は傷だらけになっていただろう。

絶望のなかでも揺るぎなく胸を張って、強かに微笑み続ける彼女を壊すほどの毒だ。その異様さが解る。

これまで、彼女はたったひとり、こんな苦痛に堪えてきたのか。

「惨めだね」

鶴が乾いた嘲笑を喀きかける。

毒に侵されながらも、まだ、堪えなければならないという意識が残っているのか、彼女は終始唇をかみ締めていた。

「つらいなら、声をだして思いきり喚《わめ》けばいい。誰も聴いちゃいないんだからさ」

かみ締めすぎた唇から、ほつりと血潮がこぼれた。

「はあ、ほんとに強情だな」

鴆がため息をつき、傷ついた唇に触れる。いたわるように唇の輪郭をなぞれば、わずかに弛んだ。そのすきまに指を差しいれた。

「ほら、僕の指でも、かんでおきなよ」

接吻《くちづけ》でもしてやりたいところだが、こちらに毒がまわっては命にかかわる。

濡れた舌をあやして唾をかきまぜた。口蓋をなでて時々いたずらに爪を立てる。微かに悲鳴が洩れた。口を塞いでいるようでいて、その指は弱音を嗒きださない喉から心の声をひきずりだしていく。

「っあ」

物言いたげに慧玲が舌を動かす。

指を抜けば、か細く震える声があふれてきた。

「……っごめ……なさい、ごめんなさい」

緑眼を濁らせて、慧玲は壊れたようにそればかりを繰りかえす。眼の底にわだかまる怨嗟は彼女がみずからにむけてきたものだ。

鴆はその事実を、彼女自身から聴いた。

禁毒に侵された先帝を解毒するただひとつの薬が、実の姑娘たる慧玲の心臓だった。だが彼女は薬になれず、母親から怨まれた。先帝にたいする悔恨を、彼女は抱え続けている。

「哀れだね、あんたは」

華奢な身を抱き締めなおして、髪を梳《す》いた。孔雀の笄が微かに震える。白澤の証たる銀の髪からそれを抜き、寝台の横においた。

怨まなくていい。謝ることはない。

そういって、なだめることは易《やす》かった。

明藍星だったら一緒に涙をながして「どうか、あやまらないでください」となぐさめるはずだ。麗雪梅なら「貴女はわるくないじゃない」と抱き締めて励ますに違いなかった。花を振りまくようにあふれんばかりのやさしさをもって、慧玲を許そうとする。

それが解っているから、慧玲は彼女らの前では悲鳴をあげない。

怨嗟という毒をのむことで、彼女は薬であり続けているのに。

毒は彼女の、ただひとつのよすがだ。それを理解できるのは同じ地獄にいる鴆だけだった。

「死ぬまで、怨み続ければいいさ」

彼女を許せるものはすでにいないのだから。

死者は裁いても、許してもくれないものだ。

かわりにみずからを怨み続けるという彼女の毒を、彼は許す。鴆は濡れた緑眼を覆って、細い頚《くび》に頬を寄せた。

(彼女を哀れんでやれるのは、僕だけだ)

…………

慧玲が落ちついたのは鶏鳴《けいめい》（午前二時）の鐘が響きわたる頃だった。まる窓を飾っていた月は竹林に沈みかけている。

鴆は錯乱する慧玲を抱き締め、寄りそい続けた。

素肌に絡みついていた刺青が散る。毒の嵐を終えた慧玲は眠りに落ちるとき、嗄れた声で細くつぶやいた。

なにかとおもって、鴆が耳を寄せる。

「………おいていかないで」

父親にも母親にも言えなかった幼い悲鳴。愛するひとたちに縋りつくことは、できなかった。そう、産まれた。

鴆が微かに嗤った。

「言われなくても、離すものか」

項垂《うなだ》れている首筋に接吻《くちづけ》を落とし、うっすらと痕が残る程度にかみついた。慧玲は微かに声をあげたが、疲れているためか、起きることはなかった。道連れの証だ。

鴆は慧玲を抱きかかえ、寝台に身を投げる。

いつのまにか、月は落ちて、あとかたもなくなっていた。

第八章　黄金の姫とすっぽん羹

明けきらぬ春の空に清浄なる笙《しょう》の音が響いた。

宮廷には天地壇という大規模な祭殿がある。皇帝や宮廷官巫《きゅうていかんふ》が祭祀《さいし》を執りおこなうさいにつかわれる建物で、天地の循環を表す五稜星をかたどっていた。そこで春の清明祭にさきがけて、天地神明の神託を授かるための祭祀が催されている。

祭壇では宮廷官巫の姑娘が青桐《あおぎり》の枝を振り、祈禱《きとう》をしていた。額に黄金の冠をつけ、唇の先端にだけ赤い紅を施している。

月静《ユエジン》。秋の季妃《きき》であり、宮廷官巫の最高指導者だ。笙や篳篥《ひちりき》による祭祀楽《さいしがく》が奏でられるなか、静は重みのある髪を振りみだして祭壇を跳ねまわり、奇声をあげて歌舞を演じている。眼は爛々として祈禱がはじまってから瞬きをしていなかった。

あれは神懸かりというものだ。

祭壇を取りかこむ廷臣たちは尋常ならざる神威《しんい》に息をつめながら、神託が降る時を待ち続けている。

「天地神明は宣《のたま》った」

静が突如地に跪《ひざまず》いた。背を後ろにそらして天を振り仰ぎ、大声を張りあげる。

「飛べぬ鳥が夜に鳴き、皇帝の御座《おわ》す地に大いなる禍《わざわい》をもたらすであろう」

奇妙な神託だ。廷臣たちはいかなる暗示かと顔を見あわせる。理解できるのはひとつ、宮廷に禍がもたらされるということだ。

静は神託を終え、倒れこむ。ほかの官巫たちが静を抱きかかえて祭壇からおろした。

「不吉な」

「飛べぬ鳥とはよもや」

宮廷官巫を信仰する元老たちがざわめいた。

元老たちの視線がいっせいに雛皇帝の落胤たる鴆にむけられる。軽侮と疑いの眼だ。

鴆はひそかにため息をつく。

神託がどのような噂をともなって今後拡散されていくかは、考えるまでもなかった。

◇

風邪《ふうじゃ》の嵐が去って後宮に賑々《にぎにぎ》しく春がきた。

梅はこぼれ、桜が咲き綻ぶ。競うように花桃がつぼみを弾けさせ、さながら花の宴だ。

だが、花とは咲いてしまえば、あとは潔く散るものだ。早くも風に舞いはじめた桜を眺めて、藍星が惜しむように息をついた。

「あーあ、あんなに待ち遠しかった春もあっというまに終わっちゃうんですね」

籠を抱えて先を進んでいた慧玲が「まだまだですよ」と振りかえる。

「花ばかりが春というわけではありません。草の春はこれからです」

薬師にとって春は雪を割って草萌《も》える睦月《むつき》からはじまり、雨季まで続く。後宮の北東にあたる離舎のまわりは日が差さず芽吹きが遅れるので、多様な草が勢いよく萌えだすこの春分の候は特に胸が弾む。

「ほら、よもぎですよ」

身をかがめて、慧玲は青々とした若葉を摘む。

芽ばえたばかりのよもぎの葉は綿のような産毛《うぶげ》をまとっていた。朝の露を乗せ、きらめいている。さわやかな緑のにおいがして、胸いっぱいに吸いこむだけでも心が落ちつく。

「よもぎの葉は乾燥させると艾葉《ガイヨウ》という漢方薬になります。血の循環を改善する効能があって、寒い時期にたまった毒を排出するのに役だつ薬なんですよ」

「だから、この時期によもぎだんごをつくるんですか？　風習というか、先人の教えは理にかなっているんですね」

「よもぎだんごはたっぷりとあんをいれて、さっと揚げてもおいしいんですよ。まわりはさくっ、なかからは熱々のあんがあふれてきて」

藍星は味を想像したのか、ごくっと唾をのんだ。

「はわわ、ぜひともそれにしましょう。そうときまれば、籠からあふれるくらいに摘みますね」

薬になるのはよもぎばかりではない。芹《セリ》は解熱鎮痛の効能により風邪を退け、繁縷《ハコベラ》は腸の働きを促進する。大葉子《オオバコ》は気管を潤して咳を抑え、菫《スミレ》は眩暈を軽減する。

春の野は薬であふれているのだ。

薬草摘みを続けていた藍星が嬉しそうな声をあげた。

「慧玲様、みてください。竹の花が咲いていますよ」

竹の葉の先端から、うす緑がかった花が垂れていた。稲の花に似ている。地味な見ためからは想像もつかないほどに芳醇な香を振りまいていた。妙に惹きつけられる。

「なんて良い香りなんでしょうか」

「えっ、においは特にしませんけど」

藍星は鼻を寄せたが、まったく感じられないのか、瞬きを繰りかえす。こんなに素晴らしい香だというのに、残念だ。

「竹の花は百二十年に一度だけ咲くんですよね。書庫室の文献で読みました。根がつながっていて、咲いたらいっせいに竹林が枯れてしまうんだとか」

「その通りです。よく勉強しているのですね。でも風水の影響か、後宮では毎年竹が花をつけてくれるんですよ」

「ええっ、ほんとうですか。知らなかったです」

花というには地味すぎて意識していないと見落としてしまうので、藍星が知らなかったのも無理はない。

「左様」

後ろから声をかけられて振りかえれば、白妙《しろたえ》の羽根で織られた被肩《がいとう》を身につけた妃がたたずんでいた。

「皓皐《ハオシャオ》妃」

慧玲はすぐに袖を掲げ、低頭する。

儒皓皐《ルーハオシャオ》は冬の宮を統べる季妃だ。該博な知識を持っており、日頃から伝承の研究をしている。彼女は毒疫の禍が麒麟の異変から端を発したのではないかと推測していた。

「口碑いわく、鳳凰は梧桐《あおぎり》に非ざれば栖《す》まず、竹実に非ざれば食わず――鳳凰は麒麟の幼生なり。後宮たるはもとは皇帝のために非ず。麒麟の浄域《にわ》として造られたもの。故に竹が毎年花を咲かせるのであろう」

「麒麟の浄域ですか」

慧玲は先帝が処刑された晩に衰弱した麒麟と遭遇している。麒麟は先帝の死とともに息絶え、麒麟の遺骨はなぜか皇后が所持していた。

「そちらは踏青《とうせい》かや」

「そのようなものです」

踏青とは春のこの時期に草を踏んで野遊びをすることを表す。青草を摘むのも踏青の一環だ。

「皓梟妃は調査ですか」

皓梟はめずらしく宦官をひき連れていた。皓梟が話を終えるまで離れたところで待機している。

「左様よ。これより廟《びょう》の調査に入る」

「あれ？　霊廟《れいびょう》って後宮の南西ですよね？　それに廟は扉が固く閉ざされていて、誰も踏みこむことができないという噂を聴いたんですけど」

藍星が疑問に思うのも無理はない。方角としては真逆だ。

「廟に侵入できる地下通路が北東にあってな。そちらをつかうのだ。先々帝の頃に宮廷毒師の一族がつかっていた経路よ」

想いかえせば、慧玲は鴆に誘拐されて霊廟に監禁されていた。鴆はどうやって侵入したのかとおもっていたが、謎が解けた。

「だが、毒師の一族でも踏みこめたのは地下一階まで。しかしながら調査を進め、ついに隠し階段を発掘したのだ。ここからは未踏の領域よ。いかなる遺構が待ちうけているのか。どのような真実が明らかになるのか。ほほっ、年甲斐《としがい》もなく胸が弾んでおる」

「えっと、皓梟様っておいくつなんですかね」

藍星の素直すぎる質問に皓梟は笏《しゃく》をかざして雅やかに微笑んだ。

「ふふ、いくつにみえるかや？」

「あ、そういうことを尋ねる御方のご年齢だったら、察しがつきます」

ふたりが賑《にぎ》やかに喋っているあいだ、慧玲は籠を抱き締め、考えごとをしていた。

死んだ麒麟の魂は慧玲の胸に根を張った。

ならば、解毒している時に浮かびあがる刺青に似た紋様は孔雀ではなく鳳凰の紋か。

だが、麒麟が人の身に宿る——そんなことが現実に有り得るのだろうか。

「皓梟様、麒麟は皇帝を選ぶとされていますよね」

脈絡なく尋ねてしまったが、皓梟は微笑んで「左様」と答えてくれた。

「正当な血脈を継ぐ皇帝候補がひとりではなく、宮廷も定めかねる時は天地壇にて麒麟の意を尋《と》う。索盟の時は儀式を執りおこなうまでもなく満場一致で索盟に決まったがな」

「誤ったものが皇帝となれば、麒麟は死に絶えると伝承されています。麒麟に尋わずに定めてよいのですか」

「さすがは白澤。昔気質よの。安心せよ、麒麟は衰えることはあっても、そうは死なぬよ。余程の悪逆で麒椅を簒奪などせんかぎりはな。ゆえにこの儀も過去二百年は執りおこなわれておらぬ」

「衰えた麒麟の魂が人の身に依りつくというのはあるのでしょうか」

「ふむ。聴いたことはない」

皓梟が知らないならば、いかなる文献をあたっても徒労だろう。

「そう落ちこむでない。調査が進めば、そちが欲する真実につながるかもしれぬ」

「その時は是非にご教授たまわりたくお願いいたします」

「ほほ、よかろう。そちは索盟の娘だ。旧友の娘ならば、吾《わぬ》にとりても愛らしき孫のようなものよ」

「有難き御言葉です」

慧玲は厚意に畏まって頭をさげたが、後ろでは藍星が「孫？　……孫」と目を白黒させていた。想像していたより皓梟が歳《とし》を重ねていたことに動揺している。

皓梟は宦官たちをひき連れて、去っていった。

「でも、そっか。花が咲くってことは実ができるんですね。あ、これ、昨年の実でしょうか」

「どれですか」

藍星にうながされて慧玲が覗きこむ。稲や麦の穂に似た実だ。だが、実の一部が黒変して、伸びきっていた。後宮の風水が衰えているせいだろうか。

「わっ、茸みたいになってますよ」

「病変ですね。毒になっている危険があります。触れないほうがよさそうですね」

その時だ。

「食医様、こちらにおられましたか」

枯れた笹を踏んで、こちらにむかってきたものがいた。きらびやかな刺繡が施された女官服は秋宮の制服だ。だが、彼女は女官というには幼すぎた。背が低いのもあってか、八歳前後にみえる。

女官はわずかな曇りもない笑顔でかけ寄ってきた。

「診察をお願いしたいのですが、秋の季宮まできていただいてもよろしいでしょうか」

「承知いたしました。いつ頃に伺えばよいでしょうか」

緊張感のない声からして、急を要する患者ではないだろう。そうおもったのだが、女官は笑顔を振りまきながら、とんでもないことを言った。

「できれば、いまからだと助かります。昨晩から吐き続けていて、さきほどから泡を吹いておられるくらいなので」

「え」

泡を吹いているとなれば重症ではないか。まるで緊迫感のない女官の態度に戸惑いながら「ただちに」と頭をさげた。

◇

黄金郷なるものがあるならば、こんなところに違いない。

後宮とは贅をつくして造られた皇帝の庭だが、秋の宮は段違いに豪奢だ。屋根は老《ろう》中黄《ちゆうき》の瑠璃瓦に統一され、金箔《きんぱく》の張られた壁には遅咲きの八重桜が映っている。

「なんか、こう、ちかちかしますね」

藍星が声を落として、こっそりとつぶやいた。

慧玲は苦笑したが、言いたい事は理解できる。階段まで金張りなので落ちつかない。何処からともなく雅やかな音楽が聴こえてきた。秋の宮には奏者の才能を持った妃妾が集まっており、宮廷で祭祀がある時はきまって彼女らが演奏を披露する。

中央に建つ秋の季宮は宮廷官巫の本拠であり、秋妃《しゆうき》は代々現役官巫から選ばれる。

「ようこそお越しくださいました、食医様」

「静様はこちらです」

秋の季宮につくと女宮たちが賑やかに迎えてくれた。ここに所属する女官は総じて官巫であり、官巫女官《かんふにょかん》とも称される。

だが彼女らは一様に幼く、みるかぎり七歳から十三歳ほどだった。出迎えにきてくれたものだけではなく、中庭で掃き掃除をしているのも、薪を割っているのも、重い水桶を担いでいるのもその全員が例外なく――

「子どもばっかりじゃないですか！」

藍星が目をまるくして声をあげた。

「秋の季宮は公営の孤児院でもある、そうでしたよね？」

「そうです、そうです」

慧玲の言葉に女官たちがいっせいに頷《うなず》いた。

秋の季宮では身寄りのない子等を引き取って保護、官巫女官として教育している。一昨年に死去した先代の秋妃が慈善活動の一環として始めたそうだ。

「みんな、秋の季妃様に助けられ、育てていただいたのです」

「育っています、すくすく、ぐんぐん」

廻廊を進みながら女官たちが嬉しそうに胸を張る。

「でも女官って意外に重労働ですから、子どもだけだと大変じゃないですか？　宦官もいないみたいですし」

薪割りや庭の清掃は宦官の役割だ。だが季宮には宦官の姿がいっさいなかった。

藍星には弟妹がたくさんいる。弟妹とたいして歳の変わらない子どもが働いているとなれば、想うところがあるのだろう。

「ぜんぜん、へっちゃらです」

「お掃除もお洗濯も好きですから」

「秋の季妃さまにいただいた御役ですから、有難いかぎりです」

女官たちは笑顔を絶やさずにこたえる。藍星は「しっかりしてますね」と感心した。

「ささっ、こちらです」

後光が差すほどに絢爛に飾りたてられた部屋に通される。待ちうけていたのは桶に頭を突っこんで嘔吐《おうと》する季妃だった。

「静様、食医様が参られましたよ」

「しょく、い……なにそれ」

後宮でも特異な役割を持つこの秋の季宮に君臨するのは宮廷官巫の月静だ。

静は重そうな錦織の襦《とうぎ》をいくつも重ねて、帯を二重太鼓に結んでいた。

いつもならば宮廷官巫らしい神々しさを放っているのだろうが、今はぼろぼろだ。たおやかな髪を畳敷《たたみじき》に垂らして、額からは珠のような脂汗を滲ませている。眼も虚《うつ》ろだ。

「昨朝に宮廷祭祀がありまして。神託を享けたあとはかならず、こうして体調を崩されるのです」

「お疲れなんだとおもいます。でもこのたびは特に酷くて」

女官たちは笑顔を崩さないが、静の身を案じているのは感じられた。

「静妃、食医をつとめる蔡慧玲にてございます。診察させていただきます」

慧玲は声をかけたが、静は意識がぼんやりとしているのか、こちらを振りかえることもしなかった。まずはぐったりとしている静の脈を診る。検脈は触診のなかで最も重要だ。

「頻脈。期外収縮もありますね」

期外収縮とは不整脈のことだ。

慧玲が診察して、藍星がそれを文書に書き取る。慧玲は一度診た患者の病態は細部まで違わず記憶できる。診察結果を残すようになったのは藍星の勉強のためだ。

それにしても、異常な頻脈だ。尋常ならざる昂奮《こうふん》の反動、あるいは毒だろうか。

触診に移りかけたとき、静の眼がはたと慧玲を捉えた。触れていた腕をつかまれる。

「誰」

「食医でございます」

やはり、先ほどの挨拶は聴こえていなかったのか。

「体調がよくないの、帰って」

「はい、ですから、診察に参りました」

健康だったら医者は呼ばれない。変わった妃だ。背をさすろうとしたが、静は強引に慧玲の手を振り払って桶に顔をふせる。

「要らない。時間が経てばなおるから……うっ」

静は呻いて、緑がかった胆液と血がまざった泡を吐きだした。

嘔吐できるものがすでに残っていないのだ。

血は黒ずんでおらず赤いので、臓ではなく喉か気管が傷ついているものと推測される。いとけない背が強張って細かく跳ねる様は哀れで、慧玲は胸が締めつけられた。

「おつらいですね。だいじょうぶですよ。診察をして、すぐに薬を」

「つらい？」

静が顔をあげた。

眉根を寄せるでも頬をゆがめるでもなく、伎楽面《のうめん》のような無表情をさらして、静は首を横に倒す。

「なにが？」

慧玲が咄嗟に息をのむ。側にいた藍星もぎょっとした。

「だ、だってこんなに」

「帰って。薬も医者も要らないの、私はつらくなんかないから」

ここまで拒絶されては診察もできない。窺《うかが》うように女官たちに視線をむければ、女官たちは苦笑して頭をさげた。

「承知いたしました。なにかあれば、いつでも御呼びくださいね。ただちに参ります。どうか水分補給だけはかかさずになさってください」

諦めて荷をまとめ、帰る。黄金の調度品が飾られた部屋に背をむけ、退室しかけたとき、静の声が追いかけてきた。

「帰りみちには気をつけて、まもなく吹雪になるから」

振りかえれば、静がこちらをみていた。先ほどよりは視線が定まってきている。

「なぜ、おわかりになられるのですか」

「聴こえるの、天地神明の声が。それだけ」

静はそれきり、また、桶に頭を沈めた。


…………


「なんか、変わった季妃様ですね。喜怒哀楽がないというか」

帰りがけに藍星がぽつりとつぶやいた。

慧玲は同様に感じてはいても、女官がいるうちは言葉にせずにいたのだが、藍星は遠慮がない。幸い女官たちは気分を害することなく、にこやかにこたえる。

「静様はすでに感情という域を越えておられるのです」

「素晴らしい官巫様なのです」

無念無想の境地に達しているということだろうか。

鵲《かささぎ》の橋を渡ったところで、女官たちは房飾りのついた油紙傘を差しだしてきた。

「どうぞ、こちらをつかってください」

黄昏がせまっているが、すがすがしいほどの晴天で、曇ってもいない。

慧玲の戸惑いを察したのか、官巫女官たちが声をあわせる。

「静様は天候や豊作不作をあてることもできます」

「一昨年は蝗害《こうがい》を予知しました」

「だから今晩もかならず、吹雪になるのです」

根負けした慧玲は苦笑しながら感謝の言葉を述べ、油紙傘を預かった。最後まで袖を振ってくれた女官たちが見えなくなってから、藍星はあきれてため息をつく。

「明後日《あさって》から卯月《うづき》ですから、雪なんか降らないとおもいますけどね」

春風にしては北寄りの、強い風が吹きつけてきた。風に乗って白いものが舞い、藍星の鼻先に落ちる。花びらかと想われたが――

「ちめたっ」

「……雪ですね」

風が暗雲を連れてきて、雪は黄昏を待たずして吹雪になった。

◇

この廟は異様だ。

儒皓梟は索盟先帝の時代から霊廟の調査を続けてきた。

廟とは祖霊を祭祀する場だ。帝族の陵墓、あるいは英霊や神祇《じんぎ》を祀《まつ》る祠《ほこら》や祭壇として建てられる。宮廷において英霊や聖賢《せいけん》を皇帝と列《つら》ねて神格化するはずはなく、宮廷の敷地《しきち》にある廟は総じて帝族の墓だ。

だが、ここは墓ではない。

廟からはこれまでもいくつか、石棺《せっかん》が発掘されてきた。だが、骸が収まっていたものはない。ならばそれらの石棺は棺《ひつぎ》ではなく、食物等を収める櫃《ひつ》ではないか。そう唱える研究者もいた。経時により風化する供物を石櫃《いしびつ》に収めて捧《ささ》げたのであれば空になっていても理にかなう。

最大の謎は麒麟紋がひとつも遺されていないことだ。帝族に関係する廟ならば麒麟紋がないのは考えられない。

この廟はなにを祀っているのか。神話を研究する学者として、たまらなく探究心がそそられた。

…………


崩れかけた階段をおりた先には祭壇があった。

祭壇には石棺がおかれている。これまで発掘されたものとは違って、側面に彫刻が施され、解読できないが碑文まで彫られていた。

蓋は崩れており、なかはもぬけの殻だ。

皓梟は棺のなかに遺骸がないことを確め、外側にある彫刻を熟視する。

「なんと、これは饕餮紋《とうてつもん》ではないか。饕餮にたいする信仰は大陸の諸処に残っておるが、よもや剋の宮廷でも饕餮が祀られていたとは」

饕餮とは肉を喰らい、命を喰らい、魂まで喰らう怪物とされる。

捕食とは一種の征服だ。戦禍が続いた時代には敵を喰らってくれる饕餮を崇拝するものが後を絶たなかった。

「これは歴史を揺るがす発見となるぞ！」

皓梟は昂揚して、声を張りあげる。

「そち、この棺の紋様を複写せよ」

側にいた宦官に命令する。宦官は承知しましたと紙を拡げ、石棺の紋様を描き写していった。

「皓梟様、こちらをご覧ください。壁画がありました」

調査隊が松明《たいまつ》をかざす。

壁は赤い紋様で埋めつくされていた。

絵のほかに古代言語らしきものもある。絵の前半は盤古《ばんこ》経《きょう》と一致するが、後半は他に類似の例がない。皓梟は眼を輝かせて「ほほお」と感嘆の息を洩らしつつ未知の壁画に寄っていった。

後に残されたのは複写を命じられた宦官だ。

彼は松明をかざして、なにげなく石棺を覗きこむ。蓋の残骸にまざって松明の光を反射するものがあった。

「なんだ、これは」

拾いあげる。白い石の塊だ。なかには成人のこぶしほどはあろうかという金塊が埋まっていた。

金鉱石だ。

宦官は欲に目がくらみ、ごくりと唾をのむ。

皓梟に報告しなければ。遺跡のなかにあるものを持ちだすのは厳禁だ。だが、これがあれば宦官を辞めて隠遁《いんとん》できる、それどころか死ぬまで遊んで暮らせるだろう――

宦官はわきあがる欲望を抑えきれず、金塊を懐に入れた。

◇

季節はずれの雪に埋もれた宮廷は朝から慌ただしかった。

北棟の宿舎にいた宦官たちが一晩にして失踪したのだ。官吏が調査を進めているが、宿舎のなかに争った形跡はなく宦官の私物も持ちだされることなく残っていた。

現場の調査を監修しているのは青紫の官服に佩剣《はいけん》した武官だった。どんなこだわりがあるのか、涅《くり》いろの髪を片側だけ編んで顔の横に垂らしている。

まだ丁年（二十歳）を過ぎたばかりだが、彼は現場にいる官吏の誰より身分が高かった。だが、この武官、あからさまに億劫《おっくう》そうだった。

「ただ、服の散らばりかただけが妙でして」

官吏が熱心に現場報告を続けていても、彼は木箱に腰掛けて欠伸《あくび》ばかりしている。

「中衣、帯、袴《はかま》まで一緒になっているんですよ。こう、どう表現すればいいのか。例えるならば、服を身につけていた人間だけが蒸発してしまったような」

「へえ、ふうん、すごいですねぇ」

間延びした相づちに官吏は眉を曇らせる。

「侍中様《じちゅう》……失礼ですが、あの、聴いておられますか？」

「はいはい、まあ、それなりには聴いてますって。しょうがないじゃないですか、眠いんですから」

寝惚《ねぼ》けた二重の眼《まなこ》をこすりながら、侍中の青年はため息をついた。

「そもそも、なんで宦官がちょっと失踪したくらいで、この俺が朝から現場にこないといけないんですかねぇ？　まだ喧嘩《けんか》だったら楽しかったのに。俺、まだ朝飯も食ってなかったんですけど」

侍中とは皇太子の補佐をつかさどる官職だ。補佐といっても教育、政の参与は太師《たいし》太傅《たいふ》太保《たいほ》の三師の管轄であるため、侍中はおもに皇太子の身辺の警護を担っている。外廷の変事を調査するのも任務の一環だが、彼にはまるでやる気がなかった。

「ああ、ほんとだったら、今頃食後の月餅《げっぺい》を食ってるところだったのに」

「それは残念だったね」

後ろから声をかけられ、侍中の青年は「んあ？」と欠伸まじりに振りかえる。

「げっ、皇太子様」

鳩は朝の風に髪をなびかせて、さわやかに微笑みかける。

「朝食も取らず現場にきているなんて、責任感の強い側近がいて頼もしいよ」

「いやあ、これはその、さぼっていたわけではなく、ですね」

竜劉《ロオンリウ》。彼は名家の三男だ。末息子ということで重責を担わされることもなく、親からあまやかされてきたせいか、怠けもので頭も鈍い。それでも武芸の才能だけはあったらしく、親の縁故《つて》もつかって、若くして重役についたのだとか。腕っ節だけの問題児といったところか。もっとも彼がどれくらい強いのかはさだかではなかった。

皇帝の落胤に過ぎず、宮廷で異端視されている鴆に有能な補佐官がつくはずもない。

まあ、どうでもいいと鴆は思考を絶つ。

「それより、宦官の失踪か。妙だな」

「ですよねぇ、奴婢《ぬひ》扱いされていた一昔前でもあるまいに、そうかんたんに宮廷を捨てるとは考えにくいんですよね」

現在の宦官の処遇は女官と同等だ。女官とは違い、勉強して試験に及第すれば官職につくこともできる。宮廷を捨てても職を失って野垂れ死ぬだけだ。財があれば宮廷を離れて、宦官であることを知られないように暮らすこともできるだろうが、宿舎にいる低級の宦官では財産を持つにはほど遠い。

実に不可解で、胸がざわついた。

強風にあおられて、開いたり閉まったりを繰りかえしている宿舎の窓を睨みながら、鴆はため息をついた。

「禍か」

ただでも天毒地毒に見舞われているさなかだ。どのような禍が重なるというのか。

「あ、例の宮廷官巫のやつですか？」

話題を変えたかったのか、劉は意気揚々と話に乗ってきた。

「官吏も宦官もその話題で持ちきりですよ。飛べぬなんたらってのは皇太子様のことだって、噂になってますよね」

鴆が一瞬だけ、むっとして眉の端をはねあげた。

宮廷に禍をもたらすのは鴆ではないかと噂されているのは知っていた。だが、面とむかって言い及ぶか。故意に侮辱しているのかと疑ったが、劉をみるかぎり軽蔑の意は感じられない。

（ああ、底抜けの馬鹿なんだな、こいつは）

もしくは神経がないか、だ。

他の官吏の眼もある。鴆は傷ついたように項垂れてみせる。

「そうか。僕が次期皇帝となるには頼りないばかりに不安にさせてすまない」

「あ、やばっ」

失言を理解したのか、劉が慌てた。

「違います、違います！　俺じゃないですって！　俺はそんな失礼な噂をしたりはしてませんよ！」

上擦った声が追いかけてくるが、鴆はすでに背をむけ、歩きだしていた。

神託などは信じるに値しないが、予言に託《かこつ》けて事を動かし鴆を失脚させようとするものはいるだろう。だが皇帝の御座す地か。後宮にはすでに毒疫が侵入している。新たな危険がせまっているとすれば宮廷か、都か。

鴆の予感は程なくして現実のものとなった。

◇

「食医、蔡慧玲が参りました。患者はどちらですか」

宮廷に呼ばれた慧玲はただちに患者のもとに赴いた。

宮廷で毒疫患者が続出していると緊急連絡を受けたとき、慧玲は耳を疑った。

患者は念のため、宮廷の一室に集められていた。厚めの布を敷きつめただけの仮設病室では文官から武官、女官、宦官までもが身を寄せあい、病苦に喘《あえ》いでいた。患者の数は現時点で五十名を超えている。

患者たちは躰《からだ》の一部を、異物に蝕まれている。

まずは視診だ。

「病変あり」

　病変部位は頭部、胸部、背部と患者によって違いはあるが、一様に縞《しま》模様のある白い鉱物の塊に覆われていた。縞瑪瑙《しまめのう》にしてはざらついている。花崗岩《かこうがん》だろうか。硬度の高い鉱物でないことは確かだ。患者いわく時が経つごとに侵蝕《しんしょく》を続けているという。

　昨秋、農民たちが見舞われた金毒《ごんどく》に酷似していた。

　視診を続けていくと、ほかにも異常があった。

「……紫斑《しはん》がありますね」

　患者の脚や腕に紫がかった斑紋《はんもん》が散っている。

「これですか。何処かでぶつけたのかとおもって、特に意識はしていなかったのですが、想いかえせばこれができてから、こんなことになったのかもしれない……」

　武官らしき患者が心細げに語る。

　紫斑とは内出血痕だ。通常は打撲や捻挫など外的衝撃、打撃で起こるものだが、毛細血管が脆《もろ》くなっていると服が擦れる程度の刺激でも血管が破裂することがある。

「続けて舌診をさせていただきます。……唇の端が紫になり、舌の表が細かく割れていますね。これは脾虚《ひきょ》の証《しょう》です」

　予想外だったのか、藍星が瞬きをする。

「脾《ひ》が衰えてるってことですか。確か、胃を含めて脾だって教わったような。それでもって脾は土の臓ですよね。でも、病態を診るかぎりだと金毒かと思ったんですけど、違いましたか？」

「相違ありません。この毒疫は金毒です。ただ、強い土毒《どどく》を帯びています」

様々な毒が絡みあい、もつれる。それが毒疫の難解さだ。

脾が衰えているとすれば、血管が脆くなっているのも頷けた。脾には統血《とうけつ》という血液が血管から洩れださないように制御する働きがあるからだ。

「助けてください」

「躰が重い」

「痛くて痛くて、骨を砕かれているみたいで頭がおかしくなりそうだ」

患者たちは口々に訴える。

「薬を調えます。お待ちください」

問題はこの鉱物がなにかだ。毒のもとが解けなければ、解毒もできない。

最後の患者が帯を解いた時だった。服から細かな砂のようなものがこぼれた。

小麦ほどの顆《つぶ》だが、きらきらと瞬いている。秋の季宮で、いやと言うほどにみてきたので見誤るはずがなかった。

「これって黄金、ですよね？」

解けた。

これは金鉱石だ。磅金鉱《カラベラス》ともいう。

彼等《かれら》は黄金に毒されているのだ。

「俺たち、助かりますよね……」

理解の及ばぬ毒疫をまえに患者たちは頭を抱え、震えあがっている。

「だいじょうぶですよ。かならず解毒できます」

患者を落ちつかせてから、慧玲は一度退室する。患者のいる場で毒の話をすることは避けたかった。

廻廊の壁にもたれて、慧玲は頭にある白澤の書を繰る。

金毒の項には同様の事例が記録されていた。鉱脈から巨大な金塊を発掘した一族が徐々に石化していき、最後は砕けて砂金だけが残った――という叙述だ。

「黄金が毒になるなんてこと、あるんですか？」

「もちろんです。そもそも地毒とは毒ではないものが、特定の状況下で毒に転ずる事象を表します。その毒が人体の五行の働きに異常をもたらし、健康を害した時に毒疫となるのですから」

よって、金が毒になるのは地毒の理にかなっている。

「鉱脈で眠り続けた金は土毒を帯びることがあります。水や風にさらされることで毒はなくなるのですが、鉱脈から採掘されたものは毒が濾過《ろか》されることなく人の手に渡ってしまいます」

　だが、宮廷でなぜ、そのような毒が蔓延《まんえん》しているのか。

「……秋の季宮じゃないですよね？」

　藍星が声を落として、耳打ちする。慧玲が苦笑した。

「だとすれば、宮廷ではなく後宮から患者が続出するでしょうね」

　ひとつは新たに飾りはじめた調度品、備品に毒の黄金がつかわれていたという可能性だ。知らず、宮廷に毒を持ちこんでしまったのか、わざと毒を振りまくために紛れさせたかまではさだかでないが、疑うとすればまずそこだ。

「あるいは金塊から毒されたわけではない、という線も考えられます」

「え、どういうことですか」

「毒疫は感染しない。ですが拡大することはあります。この毒疫は末期になると金砂《きんさ》を残して、全身が崩壊します」

「なにそれ、怖い。え、崩れちゃうんですか、なんで」

　前提として人体が鉱物化するのは身中《しんじゅう》にある金の要素が過剰になった結果だ。ならば、金の要素とはなにか。

　血液だ。血液は循環しているうちは火の要素だが、脈外に流れでた段階で金に変換される。体内出血でも同様だ。

「脾は血液を管理する器官です。この脾が土毒で衰えたことで、血液が金毒と結びついて鉱物化が進んでいます。この鉱物が身のうちに循環する水によって細かく砕かれ、風化する。それがこの毒疫の経緯です」

「土毒と金毒が最悪の組みあわせになっているってことですね」

「患者の死後に残る金砂を吸いこむと、毒疫に感染します。金は肺を侵すためです。現在の患者の拡大をみるかぎり、毒の砂の拡散によるものと考えるのが現実的かと」

慧玲を後宮から連れてきた官吏に声をかける。

「宮廷で失踪を遂げたものはいませんでしたか」

崩れて細砂になる病死は失踪と誤解されやすい。砂からの二次中毒であれば病状の進行は緩やかだが、地毒のもとたる金塊に触れたり何刻も側に置き続けたりすると速やかに毒がまわり、一晩で死まで進む。

思いあたる事件があったのか、官吏は「実は」と声を潜めた。

「五日ほど前でしょうか。宦官の宿舎で集団失踪事件がありました。現場には服だけが残されていたとか」

「間違いありません。金毒による病死です。だとすれば、宿舎に金塊が隠されているかもしれません。金の毒を吸わないよう注意しつつ調べていただけますか。金塊を押収できたら石の箱に入れ、保管すれば、毒疫に感染することはありません」

「承知いたしました」

調査は官吏にまかせて、慧玲は食医としての職務を果たす。

「宮廷の庖厨を借りられるそうです。いきましょう、慧玲様！」

「ありがとうございます。ですが、ひとまずは後宮に帰ります。宮廷には薬種《やくしゅ》がありませんので」

まずは土毒を絶つ。土を制するのは木《もく》だ。

それから、火を補って金の毒を解く。

「木は酸っぱくて火は辛味――じゃなかった、苦味ですよね。苦くて酸っぱい。そんな食材、ありますか」

藍星も勉強してきた知識をあてはめて考えていたのか、ぐるぐると目をまわす。

「ありますよ、抜群の食材が」

孔雀の笄を風に遊ばせ、慧玲が振りかえりながら微笑む。

「摘みにいきましょう」

◇

背籠を負い腕にも大きな籠を抱えて、慧玲、藍星が宮廷の廻廊を進む。

籠からあふれんばかりに採取された植物の根を眺めて、藍星は砂漠の狐《きつね》みたいな悟りきった顔で息をついた。

「草だろうなぁとはおもっていたんですよ。でも想像していたより草だったというか」

空洞の茎にギザギザとした葉。黄金の釦《ぼたん》に似た花。

「そんなに意外でしたか？」

藍星が「だって」と籠の後ろからひょこんと頭を覗かせた。

「たんぽぽですよ！　薬草というか、雑草じゃないですか！」

「蒲公英《ほこうえい》です。異境で『苦痛を癒やす《タラクサクム》』と命名された由緒ある薬ですよ。いつだったか、藍星もたんぽぽの茶を淹れてくれたことがありましたよね？」

「あ、あれは……ごめんなさい、悪ふざけというか根っこが茶になると聞いたことがあっただけで、ほんとうは薬だなんておもってなくて。ましてや毒疫の薬になるなんて、ちょっと想像がつかないんですけど」

蒲公英はれっきとした木の薬だ。胆汁を増やして胃の働きを促進するほか、血液を浄《きよ》める薬能がある。昔から赤ん坊に飲ませる乳がでない時は蒲公英をのむとよいと教えられたが、これは母乳も血液からできているためだ。

「まずは木の薬で土毒を絶ちます。内出血を軽減すれば金毒の進行を抑制できます」

内出血の原因は脾虚で毛細血管が脆くなっていることに加えて、血が毒されてどろどろになっているところにもある。だから蒲公英で血を浄めて血流を改善し、同時に脾を養うことで血管を強くするのだ。

「金毒はどうするんですか？　金には火を持って制す、ですよね」

「蒲公英は身体を冷やす薬ですが、胆を補い、血の循環をよくすることで、もとから人体に備わっている火を助けます」

「あ、そっか。血管のなかを循環しているうちは、血液こそが火の要素でしたよね」

「その通りです。たんぽぽの苦味がこの補火《ほか》の性質を如実に表していますね」

「茎を舐《な》めたら、めっちゃ苦いですもんね……っとと」

草の根とはいっても、これだけあったら結構な重量だ。よたつきながら庖厨まで運び終えた。桶に水を張ってたんぽぽの根を浸《つ》ける。

「丹念に土を落としてから、竈《かまど》をつかって乾燥させます。天日乾しでも構いませんが、時間が掛かってしまいますので」

「わわっ、こがさないようにしないと」

たんぽぽの根の乾燥は藍星にまかせ、慧玲はもうひとつの薬の調理に移る。

つかうのは宮廷から預かってきた甘蔗《さとうきび》だ。硬い茎を鉈《なた》で細かく刻んで、籠式圧搾器で搾り、あふれてきた甘い液体を濾過する。後は湯せんにかけて水気を蒸発させた。さめてかたまったら黒糖のできあがりだ。

「慧玲様、こっち、終わりました」

「ありがとうございます、それでは蒲公英を焙煎《ばいせん》しましょう」

焙《ほう》じたあとは当帰、地黄、芍薬《シャクヤク》を少量ずつあわせて挽いた。

「最後に杜衡《トコウ》を」

杜衡は一般に去痰薬《きょたんやく》、利尿薬だが、険阻な山岳地帯に根をおろした特殊な杜衡には瘤《こぶ》を取り除く効能がある。鉱物の塊も瘤の一種だ。

粉になった蒲公英を濾紙《ろし》にいれ、湯を落として抽出する。

「お茶じゃないんですね。香ばしくていいにおいがします」

「たんぽぽ茶というのもありますが、この薬は異郷の珈琲《コーヒー》を参考にしています」

珈琲は豆だが、蒲公英は根だ。根のほうが土毒を制する効果が強い。

味見した藍星が「苦っ」と言ってしおしおになった。

「うう、苦いです、慧玲様」

「この苦味が旨みなんですよ。でも、飲みやすいほうが薬の効能もあがるので」

できあがったばかりの黒糖を落として、かき混ぜた。黒糖には血を補い、脾胃《ひい》を程よく温める効能がある。

「いかがでしょうか」

「わあ、こうなるとおいしいですね。まったりとしているといいますか、コクがあってこれはくせになる味わいだとおもいます」

　挽き終わった蒲公英をみて、藍星が遠い眼をする。

「いやってほどにたんぽぽをむしったのに、挽いたらこれっぽっちなんですね……」

「宮廷の女官に声をかけて、たんぽぽの根をもっと収集してきてもらいましょう。いまはこれだけなので、重篤な患者に優先して処方しなければ」

　盆に載せ、患者のもとに薬を運ぶ。

　患者たちは「痛い」「つらい」と呻きながら、ちからなく横たわっていた。あらかじめ全員を診察していたので、病状が進んでいる患者は把握できている。

「順次薬をお渡しいたします。全員にいき渡りますから割りこんだりはなさらず、お待ちくださいますよう、お願いいたします」

　指示に順《したが》い、患者たちが列をなす。だが病室に飛びこんでくるなり、宦官を突きとばして割りこみをしてきたものがいた。

「薬ができたのか。ならば、こんな宦官ではなく私が優先だ」

　官吏だ。衣服から高貴な身分であることがわかる。蜥蜴《とかげ》のようにぎょろぎょろとした眼を落ちつきなく動かして患者たちを睨みまわす。

「私はこいつらとは違う。第三官の役職についているんだからな」

　藍星が息を荒らげて「なにするんですか」と喰ってかかりかけたが、慧玲は落ちついて「患部はどちらですか」と尋ねた。

「左手だ」

確認する。親指の爪が鉱物に病変していたが、それだけだ。

「失礼いたします」

「申し訳ございませんが、重篤な患者様が先になります。しばらくお待ちいただければ」

「なんだと。この私が薬を渡せと言っているんだ、さっさと渡せ」

「できません。身分や役職の差はここではないに等しいものです。誰もが患者です、ご理解ください」

「食医の分際で私に命令するのか！」

官吏は激昂《げきこう》して慧玲を殴りつけた。慧玲は勢いよく倒れこむ。患者たちがうろたえながら「食医様！」と叫んだ。

「慧玲様！　このっ」

藍星は堪忍ぶくろの緒が切れたとばかりに官吏を殴りかえした。官吏はわずかにひるんだが、鼻が膨らむほどに顔を紅潮させ、よけいに怒りだす。

「貴様、蜴《イー》家にこのような無礼を働いて、宮廷にいられるとおもうなよ！」

官吏は藍星の胸ぐらをつかみ、再度腕を振りあげる。藍星がぎゅっと身を縮めたその時、後ろから官吏の腕をつかんだものがいた。

「喧嘩かとおもってきてみたら。男のくせに女官を殴るとかだっせぇですね」

「なんだと！　私を蜴家と知っての――」

「蜴家って、なりあがりの新士族でしょう？　しかも第三官、そんな微妙な階級でよくもここまで横柄な態度が取れるものですねぇ。面の皮が厚すぎませんか？」

「な、な、な……」

人を喰ったような男の言動に官吏は度肝を抜かれている。

「ああ、そっか、だから逆に身分が低いやつらをつかまえて偉ぶることだけが娯楽なんですね？　理解できました。俺、竜家なんで、にわか士族の考えることってあんまわからなくて」

「ロォ、竜家……というと、あ、あの三大家の」

官吏がいっきに青ざめた。

「そうそう、その竜家ですよ。っと、そこの食医様？　これ、とりあえず、外に連れだしておいていいですか」

「は、はい、廻廊にてお待ちいただけると」

倒れたままで事のなりゆきを眺めていた慧玲は唐突に話を振られ、なんとかそれだけ言った。竜家と名乗った男が官吏を連れて退室しようとしたところで、藍星が頭をさげた。

「あ、ありがとうございます」

「たいしたことはしてませんよ。あ、そうそう、思いきりがよくてなかなかの殴りっぷりでしたが、体格差がありすぎる時は股ぐらを蹴りあげたほうがいいですよ」

それだけ言って彼は背をむけ、遠ざかっていった。変わった男だ。捉えどころがないというか、常識外れというか。

気を取り直して、慧玲は薬を温めなおすと患者たちに振る舞った。

「蒲公英珈琲《たんぽぽ》です」

患者たちは薬をのみ、ほうと息をついた。

「落ちつく味ですね。心がやわらかくなるような」

「痛みがやわらいできました」

だが鉱物がいっきに剝がれたり崩れたりということはなかった。これまでは後宮食医の処方した薬膳を服せば、たちまちに毒疫が解毒できた。患者たちのあいだにわずかだが、不安が拡がる。

患者たちの心細さを察して、慧玲が唇をほどいた。

「こちらの毒は特異で、薬をもってしても即日解毒できるものではありません。しばらくは薬を飲み続けていただくことになります」

金毒はすでに脾、血管、肺を蝕んでいる。強い火の薬を投与すると融解崩壊の危険があった。だから血液の火の要素を補助して、自浄を促すのだ。

「かならず、患者様全員を解毒します。ですから私を、白澤の姑娘を信頼して、ともに毒と闘っていただけますか？」

食医ではなく、敢えて白澤という言葉を選ぶ。彼女の誇りはそこにあるからだ。

医師と患者にとって、最も重要なものは信頼だ。患者は医師に命を預ける。医師は患者の信頼に値するものであらねばならず、その信頼に命を賭して報いなければならないというのが白澤の基本理念だ。

患者たちはいっせいに袖をかかげ、こたえた。

「心得ました。白澤の食医様を心から信頼いたします」

◇

薬の投与から七日経った。

解毒は順調に進んでいる。

服薬後は鉱物による侵蝕が完全に止まった。毛細血管の破裂が落ちつき、紫斑も減ってきた。血液の循環が改善されたことで鉱物も緩やかに融《と》けだして、段々と脈に吸収されていっている。

　だが、患者の経過は思わしくなかった。

「なんで私ばかりがこんな酷いことに」

「いやなことばかり想いだして眠れないんだ、助けてくれ」

「どうせ、俺なんかいなくなればいいいんだ。職場の奴等も家族も、俺を厄介者だとおもってるに違いない」

「お助けください、つらくてつらくて」

　患者たちが口々に喚き、不満を訴えている。藍星がこまった顔をして尋ねた。

「ええっと、どこがおつらいのか、伺ってもいいですか？　頭が重いとか、お腹《なか》をくだしているとか、教えていただければ」

「なにもかもです。なにもかもがつらいんですよ！」

　涙ながらに声を荒らげられた。

　屈強な武官が目を腫らして涙をこぼすくらいだ。よほどにつらいことは察せられるのだが「つらい」と繰りかえされるばかりでは要領を得なかった。

「おつらいきもちはわかります。よく、たえてくださっているとおもいます」

　銘々膳を持ってきた慧玲は患者の側にすわり、穏やかに語りかけた。

　慧玲の頬にはまだ官吏に殴られた時の腫れが残っていて、梔子《くちなし》と黄柏《おうばく》を練りあわせた薬を湿布にして貼りつけている。

「一緒に乗り越えていきましょうね。かならず解毒できますから。昼のお薬は鶏《とり》の珈琲煮にいたしました。鶏がお好きなんだとか。柔らかく煮てありますから、どうぞ」

鶏の珈琲煮のほかには筍《たけのこ》の炊きこみご飯、しゃきしゃきのなずなをふんだんにつかった雲呑《わんたん》の羹《あつもの》などがあった。患者の昼ご飯とは思えないほどに賑やかな膳だ。どれも春の薬膳で脾を補う効能がある。

「うぅ、すみません……つらくて」

患者は涙ながらに薬膳を食べだす。

病室を後にしてから、藍星が声をひそめて尋ねてきた。

「どうなっているんでしょうか、あれ」

「毒の影響です。悩みごとが多いと胃が弱り食欲不振や腹痛といった症状に見舞われるように、強すぎる感情は臓に害となります。裏がえせば、毒によって臓を病むと感情が乱れます」

土毒は患者を思い悩ませ、金毒が強い悲しみを誘発する。結果、患者たちは悲観にとらわれ、憂いているのだ。

「旨き食は心を落ちつかせ、やすらぎを与えるものです。患者たちの御心がちょっとでも楽になられたら」

「それでこんなにたくさんのご飯を？」

慧玲が苦笑する。

「細《ささ》やかななぐさめですが」

食卓をかこんでいる時だけでも、つらさを忘れられたら。

昼餉《ひるげ》の後片づけを終えたらすぐに夕餉《ゆうげ》の飯を炊く。鍋に湯を沸かして、青菜を湯がいた。豚の挽《ひ》き肉《にく》を練りながら考える。

さあ、今晩はどんな食卓にすれば、患者たちの食が進むだろうかと。


…………


「悲しい……誰も助けてくれない」

後宮の秋の宮では妃嬪がさめざめと涙をこぼしていた。

彼女は萬萌萌《ワンヤァヤァ》という。

秋の宮の特色は妃妾の七割が優れた奏者であることだ。萌萌はやんごとなさ良家の娘で、器量も好く琴の奏者としても秀でていた。

だが、そんな彼女の左頬から耳にかけて、大きな鉱物の塊がついている。

春の嵐で毒の砂が拡散して、後宮でもわずかだが、金毒の患者がでたのだ。

萌萌は毒のつらさにたえきれず、朝から晩まで袖を濡らすばかりで日に日にやせ衰えていった。

「薬膳をお持ちいたしました」

慧玲はそんな彼女のため、豚挽き肉の煮こみをこしらえた。小麦粉と奶油《バター》をじっくりと炒めて玉葱《たまねぎ》、人参、牛骨の湯《スープ》を加え、最後に珈琲をまぜる。そこに下味をつけて蒸した大きめの肉だんごを落として、煮こむ。豚の脂があふれて舌も蕩けるような芳醇な味わいだが、実は豆腐がかなりの割りあいをしめているので胃腸にもやさしい。

だが、壁ぎわで身を縮めていた萌萌は銘々膳に眼もくれず、拒絶する。

「いらない、喉を通らないの」

「ひとくちだけでも、難しいでしょうか」

「……ごめんなさい」

蒲公英珈琲だけは女官たちの助けもあって飲ませることができているが、これでは解毒するまえに飢えて衰弱死してしまう。

「なにか、食べられそうなものはございますか」

慧玲が声をかけたが、萌萌は黙っている。

女官たちが「煮魚はお好きでしたよね」「甜菓《おかし》はいかがでしょうか」と取りなすが、萌萌はこたえない。ややあってぽつりと声をもらしたので、慧玲が耳を寄せれば、萌萌はこうつぶやいた。

「……死にたい」

「っ」

慧玲は息をのみ、ぎゅっと唇をかみ締めた。

後ろに控えていた藍星が萌萌を叱ろうとした。だが、慧玲は頭を振って藍星を制する。

「そんなのって……っ」

慧玲は萌萌の手を握り締めて、囁きかけた。

「まもなく御楽になられますから。そうしたらまた、琴を聴かせてくださいませね」

琴という言葉に萌萌はわずかだが、視線を動かす。視線のさきには絹布をかけられた琴がおかれていた。

「琴……琴、また弾けるかしら。片耳も聴こえないし、頭がぼんやりとして弾こうとしても弾けないの」

「弾けますよ。あなた様の琴の調べをみなが心待ちにいたしております」

励ますが、萌萌は睫をふせて憂いの息を洩らした。

「……いいえ、きっと弾けないわ、もう」

どのような言葉でも、毒された萌萌の心を癒すことはできない。女官たちも悲しげに口を噤んだ。

箸すらつけてもらえなかった食膳を持って、慧玲は退室する。藍星はなにかを言いたげにしていたが、諦めてあとに続く。項垂れたふたりの背を、すすり泣く萌萌の声だけがいつまでも追いかけてきた。

…………


豚挽き肉の塊を匙《さじ》に乗せて、藍星があむっと頬張る。

「舌に乗せるだけで脂がじゅわりと弾けて、もうっ、最高です。人参、玉葱もこれだったら食べやすいですね。ああ、こんなにおいしいのになぁ、もったいないですよね！」

残り物をがつがつと食べ進めながら、藍星は大声でまくしたてた。

「藍星、行儀がよくないですよ」

「だって」

慧玲が苦笑まじりになだめれば、藍星は唇をとがらせた。

「悔しいんです。豚肉を挽いて、こねて、あんなに頑張ってつくっておられたのに、ひとくちも食べてもらえないなんて」

後宮の庖厨で片づけものをする側ら、萌萌が残した手つかずの食膳をたいらげるのが藍星の日課になりはじめていた。

「薬膳を捨てるなんて食材にたいしても失礼ですからね」

「気を遣わせてすみません。食べきれなかったら残してくださっても」

「へっちゃらです。慧玲様の薬膳はいくらでも食べられるくらいにおいしいですから。お昼ご飯を抜いてきたので、おかわりだっていけちゃいますよ」

藍星がふふんと胸を張る。だが、彼女はまたすぐに表情を曇らせた。

「慧玲様こそ、ご無理なさっていませんか。朝から晩まで調薬にむかっていて、眠っておられないんじゃ」

「だいじょうぶですよ」

慧玲は鍋を洗いながら、微笑みかける。藍星に心配はかけたくない。だが、目もとの隈は隠せなかった。

「慧玲様は患者を助けるためにこんなにも身をけずっておられるのに、死にたいなんて酷すぎます。あんまりです」

思わず、洗い物の手がとまった。

実のところ、萌萌の言葉は抜けない棘のように慧玲の胸に突き刺さっていた。

あの言葉が捨て鉢になって投げだされたものならば、慧玲は萌萌を叱っただろう。いつだったか、火毒で火傷《やけど》を負った胡蝶《フウディエ》という倢妤《しょうよ》が「死んだほうがましだ」と吐き捨てた時は叱責した。それは「毒だ」と。

だが、先ほどのか細い声は萌萌の心からの悲鳴だ。

「つらいのは私ではなく、患者ですから」

医者は患者に寄りそうことができる。

だが、慮《おもんぱか》ることはできても、そのつらさを現実に分かちあうことも痛みをかわってあげることもできなかった。

藍星は納得できなかったのか、頬っぺたが膨らむほどにご飯をつめこみながら不満を垂れる。

「私なら、患者でも殴ります」

「藍星ったら、もう」

微苦笑してから慧玲はふうと息をつく。

「死にたいほどの悲しみまで、薬で取りのぞいて差しあげられたら、ほんとうはいいのですが。悔しいとすれば、そちらのほうでしょうか」

「そんなの、神様じゃないと無理ですよ」

藍星がつられるように苦笑いして、箸をおいた。椀は米つぶひとつ残さず、きれいにからっぽになっていた。

◇

朗報が飛びこんできたのは翌日の朝だった。宮廷の庖厨を間借りして朝の薬膳を調えていたとき、官吏が息を乱してかけこんできた。

「食医様、ご報告いたします。患者にできていた鉱物の塊が昨晩からどんどん小さくなっていき、今朝には消滅していたとのことです。おそらくは解毒が終わったものかと」

慧玲はまな板から顔をあげ、喜びに緑眼を輝かせた。

「ほんとうですか！　ただちに診察に参ります」

朝餉《あさげ》の支度がちょうど終わったところだ。

藍星を連れて、仮設病室に赴く。病室のある廻廊までできたところで患者たちがいっせいに飛びだしてきた。

「食医様」

患者たちは一様に表情が明るく、始終つきまとっていた病の陰りは取りはらわれている。それだけでも解毒を完遂できたのだとわかる。

「みな、すっかりとよくなりました」

「食医様のお陰です」

「信頼しておりました、かならず助けてくださると」

患者たちは感極まって、かわるがわる慧玲の手を握り締め、礼を述べた。随喜の涙を浮かべているものもいる。

念のため、患者全員の診察をした。

「舌診、聞診、脈診、腹診、いずれも異常なしです」

患者たちからあらためて歓声があがった。

薬を調えるとき、この薬では解毒できないのではないかと敗北を疑ったことは一度たりともない。だが、これは医師だけの闘いではない。薬が毒を絶つまで、患者が毒に敗《ま》けず持ちこたえてくれるか。それだけは祈るほかない。

医師もまた、患者を信頼して、勝敗を託しているのだ。

「よく毒に克《か》ってくださいましたね、ありがとうございます」

透きとおるような微笑を湛え、慧玲は患者たちにむかって頭をさげた。

「そんな、頭をあげてください」

「食医様の薬膳があったから乗り越えられました。毎食毎食がどれほど励みになったことか。解毒の薬だというばかりではなく、心の支えをいただきました」

後ろでは藍星が「そうでしょうそうでしょう」と言わんばかりに頷いている。

「ほんとうによかった……」

いっきに緊張が弛んだのか、きんと耳鳴りがした。あれとおもった時には眩暈で視界がまわりだす。

立っていられず、慧玲は崩れおちる。

「慧玲様っ」

藍星がかけ寄ってきた。

だが、それよりさきに慧玲を抱きとめたものがいた。

毒々しい紫が、眼のなかに滲む。

「鴆」

「あんたはほんとうにどうしようもないな」

ため息がひとつ、落ちてきた。

なのに、たまらなく安堵する。魂ごと絡めとられて、毒の底に吸いこまれていくような奇妙な浮遊感。絶えず張りつめていたものが突き崩されるようにほどけて、ふっと意識が遠ざかる。

「えっとですね、慧玲様はすっごくお疲れで、ほとんど眠っておられなくて」

「だろうね」

藍星が弁明しようと慌てて喋るのを遮って、鴆は慧玲を抱きあげる。事情を知らぬ患者たちは皇太子様が食医を抱いただけでも動揺していたのだが、鴆は慧玲の唇に接吻《くちづけ》を落とした。

「！」

藍星や患者たちはおどろきを通り越して魂を抜かれたようになる。

「彼女は預かるよ」

鴆はふっと微笑んで、毒で眠りに落ちた慧玲を連れていってしまった。

藍星はしばらく理解が追いつかずに惚《ほう》けていたが、鴆の背がすっかりと遠ざかってから、ぼんっと耳の先まで紅潮させた。

「い、いまのは……あ、愛……愛ですか、愛ですよね！　はわわわわっ！」

騒ぎながら、藍星がぐるぐると眼をまわしていたのは言うまでもない。

◇

食時《しょくじ》（午前八時）の宮廷は賑やかだ。

だが、鴆がいる東宮《とうぐう》は喧騒から遠い。

窓から差した日が、眠り続ける姑娘の瞼《まぶた》をなでる。

柔い眼瞼《がんけん》を飾りつけているのは青い隈だ。どれだけ睡眠をけずって薬をつくり続けていたのか、想像するだけでも鴆はため息をつきたくなった。

殴られた頬はまだ、微かに腫れている。

彼女に暴行を加えた官吏は毒蟻《どくあり》の群れに刺されて脚から顔から腫れあがり、地獄を味わっている頃だろう。慧玲を傷つけておいて、鴆がただで済ませるはずもない。

彼女は薬だ。

そうあり続けることに命を賭けている。

それでいて哀れではなく、強かで帝族たる誇りを持った姑娘。だがそんな彼女は、毒たる男の側でなければまともに眠ることすらできないのだ。

愛だとか、恋だとか。これはそんなものではなかった。

そんなやさしいものでは、ない。

ただ、たまらなく。

「毒したいんだよ、あんたを」

それでいて彼女に毒されたいと欲している。彼女と逢ってからというもの、相反する双《ふた》つの想いが鴆の胸のなかで絡まりあっていた。

鴆は白銀の髪を梳き、孔雀の笄を抜く。

「だから、いまだけは薬は捨てて、毒でいなよ」

低く、愛の睦言《むつごと》のように囁きかけた。

夢もみなかった。

◇

意識を取りもどすと、嗅ぎなれた紫煙の香が漂ってきた。

ああ、側に鴆がいるのか。

離舎で眠っているつもりで瞼をあげれば、見知らぬ部屋の風景が拡がる。麒麟紋の壁紙に紫檀《したん》で統一された調度品、さながら皇帝の居室だ。慧玲が横たわっている寝台も離舎のものとは似ても似つかない。

「ここは何処」

「東宮だよ」

彫刻の施された窓に腰掛けて、鴆が煙管を吹かしていた。

東宮といえば皇太子の住まいだ。風水師から皇太子となった鴆に割り振られたのか。

「そう、私は……倒れてしまったのね」

想いだす。

宮廷の患者たちを解毒できて、気が緩んだのがよくなかった。だが、後宮にはまだ、患者がいるのだ。

日の角度を確かめる。隅中《ぐちゅう》（午前十時）か。まだ後宮には薬を必要とする患者が残っている。眠ってはいられなかった。錘《おもり》をつけたように鈍い身を無理に起こして、枕もとにおかれた孔雀の笄をひき寄せようとする。

かつんと煙管を盆におき、鴆が苛だちを滲ませた息をついた。笄をつかんだのがさきか、突きとばされて、鴆に組み敷かれた。

「っ……どういうつもり」

手首を締めあげられ、振りほどけない。

「さあ、なんだとおもう？」

紫の双眸には昏い陰が差していて、なにを考えているのか読めなかった。

「どいて、おまえにつきあっている暇はないの」

慧玲は躊躇《ちゅうちょ》なく蹴りあげようとする。だが先んじて脚を絡められて、蜘蛛の糸に捕まった蝶がもがくような抵抗しかできなかった。

「知っていたかな？　あんたが命を賭けて蠹の王に薬膳を振る舞ったとき、僕がなにを考えていたのか」

「私を信頼して――――」

まかせてくれていたのではないかと言いかけて、言葉をのむ。ああ、違う。彼はそんなふうに解りやすい男ではない。彼は、毒なのだから。

成功するだろうと思ってはいたはずだ。信頼というよりは事実として。

だが、それでもなお彼が考えたことがあるとすれば。

慧玲が理解したのを察して、鴆は嬉しそうに唇の端を持ちあげる。毒を垂らすように耳もとに囁きかけてきた。

「失敗すれば、よかったのにね？」

強い毒が、眼睛《がんせい》のなかで渦を巻く。

慧玲は息をつまらせた。だが彼の毒に臆したら終わりだ。

「私が蠆王に殺されたらよかったと？」

「は、殺させるはずがないだろう」

鴆があきれたとばかりに吐き捨てた。

「だったら、なぜ」

「解らないのか？　公賓にたいする調薬で失態をさらせば、その場で食医の役職を解任して、あんたから薬を取りあげられるじゃないか」

想像だにしていなかった言葉に慧玲は今度こそ、絶句する。

「……おまえ、私を女帝にしてくれるんじゃなかったの」

「皇帝の椅子に君臨する貴女をみたいというのも嘘じゃないさ」

彼は白澤の証たる髪を梳く。これは毒を扱う指だ。意識したとたんに緩い痺れが、背を抜けていった。

　髪にまで神経が張りめぐらされているように痺れる。

「でも同じくらい、あんたが薬でなくなって落ちてしまえばいいとも想っている。地獄の底までね」

　爪の先端でつうっと首筋をなぞられた。逢ったばかりの時のように絞めあげるようなことはしなかったが、動脈を確かめるような指の動きからは強い執念を感じた。

「そう」

　ああ、どれくらいぶりだろうか。むかいあうこの男は毒で、相克する関係だったのだと思い知らされる。

　それがたまらなく、嬉しかった。

　彼だけだ。彼だけが、慧玲のうちにある毒をひきずりだしてくれる。そのかぎり、彼女もまた、薬であり続けられるのだ。

「おあいにくさまね。ここが地獄の底よ」

　いつのまにか拘束を解かれていた腕を持ちあげて、慧玲は鴆の頰に指を添えた。

「でも、ここからさらに落ちる先があると言うのなら――落とせるものならば、どうぞ」

　果敢に睨みつければ、鴆が低く喉を鳴らして嗤った。

「はっ、ほんとうにたまらないな」

睨みあいをを経て、どちらからともなく、息をふっと抜いた。

あれだけ張りつめていた毒気が嘘のように弛んだ。毒がなくなったわけではないが、嵐のような苛烈さはすでにない。

鴆は組みふせていた慧玲から退いて、乱れた敷布《しきふ》に身を投げだす。

互いに背をあわせ、横たわる。あれだけ言い争ったあとでも、側にいれば落ちつく。

愛ではなく。好敵でもなく。どんな言葉でも表せない。嵐かと想えば、華になる。奇妙な関係だ。

強いていうならば、喰らいあう毒と薬か。

逢ってしまったばかりにひとつの根で絡まりあい、結びついている。背きあっても離れられず。かといって、ひとつにもなれず。

でも、だからこそ、孤独ではなかった。

「まだここにいなよ」

「……もうちょっとだけね」

諦めて、睫をふせる。

窓の側に枝垂れたうす紫の藤が風で揺れている。紫の風景を眺めながら、ふたりして昼さがりのひと時を微睡《まどろ》んだ。

◇

日が東から昇ることから、皇太子の居室は宮廷の東に設けられる。東宮につながる門戸のまえでは物陰に隠れるように身をかがめて、ちょろちょろと動きまわっている女官がいた。明藍星だ。

「慧玲様、だいじょうぶかな」

慧玲を抱きあげた鴆は、東宮に吸いこまれていった。

後宮女官ごときが皇太子の居室に踏みこめるはずもない。だがちょっと覗くだけならば、許されるのではないか？

藍星は意を決して門扉のすきまから、なかを覗こうとした。

「なにしてんですか」

後ろから声をかけられ、藍星はびくううっとなった。

「ち、違います、あやしいものではないんですけど。ただ、その」

どう考えてもあやしいのだが、藍星はぶんぶんと頭を振って言い訳をする。

「ああ、食医様つきの女官でしたっけ、例の官吏をぐうで殴った」

「ふえっ、あっ、あの時の」

高速で頭を振っていたので気づかなかったが、声をかけてきたのは病室で助けてくれた武官だった。武官というと藍星はこれまで筋骨隆々の男を想像していたし、現にそういう武官がほとんどだが、彼は線が細くて文官かと誤解するほどだった。華やかな二重の瞳といい、眉の緩やかな曲線といい、見映えがする。妖艶で冷酷な印象を振りまく鴆とはまた違った雰囲気の美形だった。

「明藍星です。助けていただき、ありがとうございました」

「俺は竜劉です」

竜家といえば大士族だ。なのに、一介の女官に過ぎない藍星にたいしても敬語で、偉ぶったところがない。たぶん、このひとはいいひとだ。

「慧玲様はこちらにおられます、よね？」

「ですねぇ。俺も皇太子様に報告があってきたんですけど。さすがに皇太子様の閨事《ねやごと》を邪魔するのはなあとおもって」

「ね、閨事っ」

とんでもない言葉が飛びだしてきた。藍星の顔が、ぼぼっと燃えあがる。

「そ、そんなはずないじゃないですか。宮廷が毒疫の禍で大変な時に」

「関係ないでしょう。雕皇帝は毒疫のなかでも毎晩、後宮に渡っていましたし。あ、でも皇太子様って女の趣味が微妙ですよね」

「は」

一瞬、時が止まった。藍星の笑みがいっきに壊れる。

「なな、なっ、なんですか、それっ、慧玲様が微妙なんて眼が腐っているんじゃないですか！　琅玕《ひすい》の瞳に叡智の証である銀の御髪《おぐし》！　華奢でお可愛《かわい》らしくて、なのに頑張り屋さんで、こうと誓ったらどんな苦境のなかでも貫きとおす意志の強さ！　しかも虫に強い！　あんなに素晴らしい女人《にょにん》はおられないでしょうっ」

藍星は息もつかずにまくしたてた。

慧玲を褒める言葉ならば、藍星はたて板に水とばかりにならべることができる。

「へえ、でも、食医様って毒々しくないですか？」

「どこが!?　薬のなかの薬ですよ！　慧玲様を馬鹿にしないでください！　毒々しいのはむしろ、あなたのところの――」

皇太子様でしょうが、と言い掛けたが、これは言葉にしたら死刑ものだなと思ったので、声をのむ。

「まったく喧しいな」

その時だ。扉がひらかれ、辟易した声とともに鴆がでてきた。

「あ、皇太子様、もう終わったんですか？」

鴆の背後から、慧玲も顔を覗かせる。

「藍星、心配をかけてすみません」

「慧玲様！　よかったあぁ、もうだいじょうぶなんですね？」

「熟睡してげんきになりましたよ」

藍星は思いきり、慧玲に抱きついた。

「というわけで報告です。失踪した宦官の宿舎から金塊がでました」

劉の報告に慧玲が一転して、真剣な眼差しになる。

「間違いありません。それが毒のもとです」

「はい。さきに食医様に教えていただいていたので、慎重に処理されました。石の箱にいれたら毒が洩れだすことはないんですよね、確か」

だが、不可解なのは宦官がどうして金塊なんかを持っていたのか、だ。

「盗掘品だったみたいですね」

「後宮の廟ですか」

慧玲がすかさず尋ねた。藍星はそれを聴いて、廟の調査に赴く冬妃と逢ったことを想いだす。廟にそんな危険なものが眠っていたなんて。

「察しがいいですね。金塊を持ちだした宦官は、冬妃の調査隊に配属されていたそうです。なんでも複写が巧かったとか。廟のなかで特大の金塊を発見し、欲にくらんで持ち帰ってしまったんでしょうねぇ」

「特大の金塊……ですか、わわっ」

藍星は想像して、宦官が欲にかられるのも致しかたないなと思った。まして金が毒だなんて考えもしなかったはずだ。

「まあ、特大っていっても、あのくらいだったら竜家の財産の一割にも満たない端金《はしたがね》ですけどね」

「あ、だったら、その端金をください」

咄嗟に欲望がだだ洩れてしまった。慧玲に苦笑されてしまう。

だが、廟から発見されたという経緯について慧玲は違和感をおぼえたのか、顎に指を添えて考えこむ。

「しっかし宦官がやらかしたとはいっても、調査の責任者は冬妃ですからねぇ。そうなるとあれか。宮廷官巫の神託は――」

劉の言葉をひきついで、鴆が続けた。

「そう、残念ながら《宮廷に大いなる禍をもたらす飛べぬ鳥》は皓梟だった、ということになるだろうね。神託まで絡んでいて、かつ実害があったとなれば一年程は冬の季宮に謹慎処分になるかな」

神託というのは受け取りかたによって、様々な考察ができるものだ。藍星は昔から神託とか易占とかそういったものが好きではなかった。

皓梟の処遇を憂いてか、慧玲は唇をかみ締めた。

「……偶然ではない、かもしれませんね」

「だとしても、確かめるすべはないよ」

皓梟の失脚がいかなる利得を産むのかはわからないが、宮廷は陰謀の絶えることがない毒の宮だ。

風が吹きつけてきた。盛りを終えた花桃が、散る。

乱舞する紅は、微かに錆《さび》のにおいを漂わせているような気がした。

◇

琴爪《ことづめ》をつけた妃嬪の指が、弦を弾いた。

ぎこちない動きで五絃譜《ごげんふ》を追いかけたが、韻《おと》の群れをまとめあげることができず、音律は散らばって崩れた。

「ああ、やっぱり」

萌萌は嘆きの声をあげ、崩れるように顔をふせた。

「私はもう一生、琴を弾くことはできないんだわ」

「萌萌様、そのようなことはございません。先ほど薬を持ってきてくださった食医様は明後日か、明々後日《しあさって》が峠だと。それを乗り越えたら、かならずや解毒できます」

「そうです、どうか悲観なさらず」

女官たちが背をなでて懸命になだめるが、萌萌はそれを振りはらった。

「嘘をつかないで。毎朝、鏡をみるの。今朝はよくなってるんじゃないか、元通りになっているんじゃないかって。でも、ちっともよくはならないのよ」

萌萌は鉱物がついた耳もとに爪を喰いこませる。だが、鉱物はびくともせず、琴爪に絡んだ髪がごっそりと抜けた。指から垂れた髪には白髪がまざっている。艶《あで》やかな御髪が自慢だったのに。萌萌は絶望にさめざめと涙をこぼした。

「助けてよ、いま、助けて……できないんだったら、どっかにいって」

女官たちは項垂れ、無力を悔いるように頭を振る。

「承知しました。ですが、お声掛けいただいたら、いつでも参りますから」

女官たちは萌萌を気遣いつつ、退室する。

誰もいなくなってから萌萌は頭を抱え、悲鳴のような細い声でつぶやいた。

「ごめんなさい……わかっているのよ、あなたたちがどれだけ私を気遣ってくれているのか。でも、つらいの。つらくてつらくて、たまらないのよ……誰か、助けて」

あてもなく縋る。救済を欲する萌萌の声にこたえるものはいない、はずだった。

「嘆きから救ってあげましょうか」

天啓の光が差すように声が聴こえた。

琴の律《しらべ》より清らかな声だ。萌萌は顔をあげ、何処から声が聴こえたのかと捜す。だが、相手が姿を現すことはなかった。窓から声だけが差し伸べられる。

「つらいのね。でも、神様はあなたを見捨てたりはなさらなかった」

「助けて、くださるの？」

窓から竹筒を渡された。救いをもたらす手は黄昏のなかで後光が差しているかのようにみえる。

「飲みなさい」

萌萌は震える指で竹筒の栓を抜き、唇をつけた。

◇

宮のなかに異様な笑い声が響きわたる。

「ふふふふふ、ふふふふ、ふふふふふふ」

壊れた琴をでたらめに奏でているかのような声。その声を聴くだけでもまともではないことがあきらかだった。

朝の薬膳を持ってきた慧玲はその異様な姿にうろたえて、部屋の敷居を越えられずに

第30回電撃小説大賞
《選考委員奨励賞》受賞作。
これは偽りの君と透明な僕が描く、
恋と復讐の物語。
『無貌の君へ、白紙の僕より』
著者／にのまえあきら　イラスト／萩森じあ
毎月25日頃発売
メディアワークス文庫
HeadLine
Volume.
173
2024.04.25
https://mwbunko.com/
メディアワークス文庫公式X(旧Twitter)@mwbunko

殺し屋の街・博多を舞台に裏稼業の男たちが暴れまくる
痛快群像活劇、終幕!
博多豚骨
ラーメンズ13
お仕事
楽しい
ハラハラ
受賞作
アニメ化
コミック化
木《き》崎《さき》ちあき
イラスト/一色 箱
●定価880円(税込)
義父殺しの仇敵が、殺人請負会社マーダー・インクと判明。単独潜入を試みた馬場を待ち受けるのは、彼を新社長に据えたい旧社長派閥だった。だが、それを快く思わない副社長派閥は、馬場の仲間たちを次々と襲い——。
博多豚骨
HAKATA TONKOTSU RAMENS
ラーメンズ
13
木崎ちあき
CHIAKI KISAKI
メディアワークス文庫

メディアワークス文庫　4月の新刊

無貌の君へ、白紙の僕より
これは偽りの君と透明な僕が描く、
恋と復讐の物語。
第30回電撃小説大賞
選考委員奨励賞
受賞作
恋愛
泣ける
切ない
受賞作
にのまえあきら
イラスト／萩森じあ
●定価792円（税込）
ある事情から筆を置いた優希は、人の視線を恐れ、目を開くことができないさやかと出会う。それでも人を描きたいと願う彼女のため、優希はモデルを引き受けることに。けれど、彼女はもう一つの秘密を抱えていて……。
無貌の君へ、白紙の僕より
にのまえあきら
メディアワークス文庫

2024年5月24日発売の新刊

のメロディ

田俊哉《としや》

メジャーデビュー目前にして相方のカイを事故で亡くしたキョウスケは、音楽を辞めて無気力に生きていた。しかし事故から２年、突然カイが現れる。彼の説得によって再び音楽の世界に触れ、音を重ねる喜びを感じるが……。

ドラマCD付き特装版】境界のメロディ

宮田《た》俊哉《とし や》

小説の感動シーンが音声ドラマに！　参加キャストによる座談会も収録されています！
※同梱されている書籍の内容は『境界のメロディ』と同一のものです。

宮廷医の娘8

冬《とう》馬《ま》 倫《りん》

新皇帝即位に沸く中原国。次こそ医道科挙に合格したい香蘭だが、白蓮と香蘭の偽者が高額な治療費をせしめていると聞き……。一方、何者かによって、診察中に白蓮が患者の少女とともに誘拐されてしまう。

博多豚骨ラーメンズ14

木《きさ》崎《きち》ちあき

大事な人がいなくなったから、仕事を続ける者もいる。大事な人がいなくならないよう、仕事を辞める者もいる。思いは違うが、それぞれが前に進もうとしている。仲間を失った悲しみと向き合いながら――。

Volume.173　2024年4月25日発行
発行◎株式会社KADOKAWA
編集◎メディアワークス文庫編集部　〒102-8177　東京都千代田区富士見2-13-3
※記載の各定価・予価は、2024年4月現在のものです。
※2019年10月以降、消費税の改定に伴い、消費税（10%）をご負担いただきます。　https://mwbunko.com/

新入り宮女×ワケありの皇族が贈る、
後宮ミステリーロマンス!
迷子宮女は
龍の御子の
お気に入り2
〜龍華国後宮事件帳〜
恋愛 ときめき ハラハラ コミック化
綾《あや》束《つか》 乙《きのと》
イラスト／新井テル子
●定価792円（税込）
迷子宮女は
龍の御子の
お気に入り
2
皇太子候補の珖璉の侍女として働く鈴花は、溺愛されていても身分の違いに思い悩んでいた。後宮内で発生した謎の病を《蟲》を見る力で調べ始めた鈴花だが、宮廷術師として新たに来た貴族令息が鈴花に興味を持ち——。

あらゆる毒を解す少女の、
薬膳×後宮ファンタジー第3巻!
夢見里 龍
後宮食医の
薬膳帖
3
ファンタジー ハラハラ ときめき コミック化
夢《ゆめ》見《み》里《し》 龍《りゅう》
イラスト／夏目レモン
●定価748円（税込）
皇帝が崩御し鴆が皇太子に。大きな変革の渦中でも慧玲は後宮食医として変わらず勤しんでいた。しかし、毒疫の裏で宮廷を操っていたあの人物がついに始動。慧玲に最大の危機が迫る! 薬膳×後宮ファンタジー、第3巻。

境界
宮《みや》田《た》
いて薬となす
薬膳帖3

立ち竦む。

笑いながら、部屋中跳ねまわっていた萌萌が振りかえる。

「ああ、嬉しいったら。こんなに嬉しいことってあるのね」

萌萌は白髪のまざった髪を振りみだして、やせ衰えた脚で地を蹴る。舞いなんてものではなかった。腕や脚を落ちつきなく動かしているだけだ。その様は狐に憑《つ》かれているようで慧玲はうすら寒いものを感じた。

「昨晩から、ずっとこんなご様子で」

「一睡たりともお眠りにならず」

女官たちが助けをもとめるように訴える。

萌萌はまともに食事も取れていないのだから、普通ならばこんなふうに動き続けられるはずがなかった。

だが、慧玲を絶句させたのはその奇行だけではない。

「金毒の侵蝕が進んでいる――」

剝きだしの黄金が、萌萌の顔の左側を完全に覆っていた。

金鉱石の風化が進み、黄金の塊があらわになっている。金塊は左眼《ひだりめ》を塞ぎ、はだけた襦から覗く胸にまで達していた。

黄金に飾られた素肌はきらびやかだ。前衛芸術を彷彿《ほうふつ》とさせる。だがこれは毒だ。地毒がもたらす病は残酷に美しい。

「もう、なにもつらくはないのよ。つらくない、つらくないわ、ふふふ……」

かろうじて覗く右の目もとを綻ばせて、萌萌は幸せそうに微笑む。

たったひと晩でここまで毒がまわるなんて異常だ。萌萌の身になにが。慧玲が思考を廻らせる猶予もなく。

「ああ、幸、せ」

黄金がいっきに全身に拡がる。

続けて黄金がひび割れて、きらめく砂が噴きだした。頭から順に風化が進み、崩れていく。砂で造られた城が、浪に喰われるような虚《むな》しさで。

萌萌は死んだ。

あとには黄金の砂が残される。

毒による異常な死を前にして誰もが動けず、呼吸すらできなかった。窓から強い春風が吹きこみ、金砂が舞いあがる。

「萌萌様――」

女官たちが咄嗟に砂にむかって、腕を伸ばした。

「っ――いけません、吸いこんでは」

慧玲は側にいた藍星を抱き寄せて、袖で口もとを塞いだ。砂は青空に吸いこまれるように吹きあがる。朝日を映して瞬くそれは萌萌の涙を想わせた。

風が落ちついてから、女官たちは残った服を掻きあつめ、声をあげて泣き崩れた。

失意の底で慧玲がつぶやく。

「解毒、できるはずだったのに」

助けたかった。助けられるはずだった。それなのに、なぜこんなふうに死ななければならなかったのか。

緑眼から後悔の涙が落ちた。

◇

宮廷の議場には花一輪、飾られてはいなかった。

典医を筆頭とした宮廷の官吏たちが膝を突きあわせ、低頭する慧玲に陰険な視線をむけている。

「後宮の妃が続々と毒死している。後宮食医がついていていながら、なぜこのような事態となっているのだ」

そう、異変をきたした患者は萬萌萌だけではなかったのだ。

少人数ではあるが後宮にも毒疫の患者はいた。だが患者全員があの日、萌萌と同様に金砂となって崩壊、命を落とした。これにより、後宮食医として解毒にあたっていた慧玲が議会にて問責される事態となった。

「白澤の姑娘といっても、笄年《けいねん》（十五歳）を過ぎたばかりの小姐《こむすめ》には荷が重かったのではないか？　慢心しているから、このような取りかえしのつかぬ事態を招くのだ」

「偉そうに万毒を解くなどと語っていたが、この程度か」

「患者を助けることもできぬとは」

食医に職を奪われたと卑屈になっていた典医たちがここぞとばかりに慧玲を攻撃する。

慧玲は患者を死なせてしまった後悔と衝撃からまだ立ち直れていなかったが、涙の跡を残した緑眼で議場を見据える。

「私の処方した薬に誤りはございません」

「なんだと」

詫びることは易い。

だが、有らぬ罪を認めることは白澤の一族の誇りに瑕《きず》をつけることだ。

胡乱な視線にさらされながら、慧玲は臆することなく声を張りあげた。

「患者にたいして、毒物を投与したものがいます」

官吏たちがどよめいた。

死に瀕した萌萌の言動は常軌を逸していた。衰弱した身で動きまわり、錯乱したように笑い続ける——後から聴いたところによれば、死亡した患者は一様に錯乱して踊り続けてから毒死したという。金毒、土毒、どちらの毒の働きとも結びつかない症状だ。つまり新たな毒であると考えられる。

推測するにその毒が土毒を強化したことで、いっきに金毒がまわったのだ。

疑惑の眼が一転して典医たちにむかう。典医たちは身を乗りだして声を荒らげた。

「我々がそのようなことをするはずがなかろう」

「おのれの失態を隠すためにでたらめを言いおって」

「それでは」

慧玲は透徹した声で喧騒を割る。

「ほかに患者を解毒できる御方はおられますか」

萌萌の死からまだ一晩しか経っていない。

だが後宮では新たな毒疫の波がきていた。患者の死で飛散した毒砂によって萌萌つきの女官を始めとして妃妾、宦官が立て続けに毒疫で倒れたのだ。

議場が静まりかえる。言いかえせるものはいなかった。

慧玲は袖を掲げ、あらためて誓いをたてる。

「新たな毒をまき散《ち》らしたものを捜しだして、かならずや宮廷の毒禍を終息させます」

◇

桜が舞っていた。枝では新たな芽吹きが始まっている。

毒疫の騒擾《そうじょう》のなかでは散りゆく桜を愛《め》でるものはおらず、誰に惜しまれることもなく春が終わろうとしていた。

議場を後にした慧玲は殿舎の陰から伸びてきた手に袖をひき寄せられた。抵抗する暇もなく連れこまれる。

「ほんとうにどういうつもりなの、おまえ」

睨みつければ、鴆が毒っぽく微笑んだ。

「可愛げがないね。こういう時くらい、姑娘《おんな》らしく悲鳴とかあげてみせなよ」

「願いさげよ。おまえは可愛げのある姑娘なんてきらいなくせに」

「は、違いないね。あれだけ大勢の官吏《おとこ》に糾弾されても、身を竦ませるどころか、凜《りん》と振る舞って逆に奴らを圧倒するんだから、ほんとうにたまらないよ」

議場にいなかったのに、何処から聴いていたのか。あるいは盗聴するための蟲でもいるのだろうか。

「これを渡そうとおもってね」

鴆があるものを差しだしてきた。

「簪――」

咲き誇る藤を模した簪だ。胡蝶に似た花びらのひとつひとつが毒の結晶になっている。華やかで雅やかで、視線を奪う。慧玲ならば、まず選ばない意匠だ。だが悔しいほどに趣味がよく、典雅な風格が漂っていた。

「花びらごとに違う毒を練りこんである。これだったら必要な時にひとつずつ取りはずしても、さほど気にならないはずだ」

鴆から前に贈られた簪は毒による飢えを鎮めるために壊してしまった。とても残念で、未練があった。でも、新たなものが欲しいと頼むことができずにいた。

想いも寄らなかった贈り物に鼓動が弾む。

「でも、ほんとうにもらっていいの」

「あんたのために造ったんだよ」

鴆は穏やかな微笑をこぼし、結いあげていた髪に挿してくれた。確かめるように触れると、たまゆらに風が葉を奏でるような韻《おと》がする。

「ありがとう、とても嬉しい」

慧玲は固いつぼみが綻ぶように微笑みかけた。

素直な言葉を投げかけられ、柄にもなく照れたのか、鴆はわずかに眼を見張ってから視線を逸らす。横顔が微かに赤かった。

「壊れたら、何度でも僕が造ってやるよ」

その言葉をかみ締めるように緩やかな瞬きを経て、慧玲はまた張りつめた真剣な眼差しになる。患者のもとにいかなければ。

鴆は彼女の決意を察して、身を退いた。

「いっておいで」

銀の髪をなびかせて、争いに赴くように歩みだす。勝つまでは振りかえらない。挿したばかりの簪が鼓舞するように韻を奏でた。

◇

「失礼いたします」

女官たちが寄ってたかって押さえこんでも、患者である妃妾は脚を跳ねあげ、踊り続けようとしていた。慧玲は声だけかけて、強引に診察を進める。

新たに金の毒疫にかかった患者たちにも萌萌と同様の錯乱症状が表れだした。なかでも特に夏宮の妃妾の容態が酷かった。

慧玲は連絡を受け、藍星を連れて夏宮まで診察にきた。

　脈拍は頻脈。異常値だ。唇からは涎《よだれ》を垂らしており、瞳孔も散大している。これは中枢神経に異常をきたしている証だ。だとすれば、患者が異常行動をとるのも毒が神経を害した結果と考えられる。

「あっ」

　女官たちは限界まで頑張ってくれていたが、異様な力でついに振りほどかれてしまった。妃妾の脚が慧玲の腹をえぐるように蹴りとばす。

「っすみません、宦官を連れてきます」

　診察を続けるには男手が必要だ。

「慧玲様、お怪我《けが》は」

　慧玲は壁に背をぶつけて蹲《うずくま》っていたが、藍星に助けおこされる。

「だ、だいじょうぶです。……肋骨《ろっこつ》が折れたかとおもいましたが」

　尋常ではない力だ。また踊りはじめた妃妾をみる。踊りといっても腕や脚をむちゃくちゃに動かしているだけだ。

　眺めているうちに慧玲はある病例を思いだした。

「踊り病……」

「なんですか、それ。言い得て妙ですけど」

　藍星が不思議そうにする。

「異境で蔓延した病です。脈絡もなく人が踊りだし、側にいたものに続々と感染して、息絶えるまで幾晩でも踊り続けたそうです。踊る群衆は一時期三百人から五百人規模にまで膨れあがって、橋が崩落したとか」

「え、死ぬまで踊り続けるんですか？」

「そう、自制がきかないそうです。似ていませんか？」

後宮の患者はすでに金毒に侵されているため、衰弱死するまえに毒死しているが、そうでなければ同様の経緯をたどりそうだ。

「確かに似ています。でも、なんでそんなことになっちゃうんですか」

「毒蜘蛛《どくぐも》に咬まれた、死病からの現実逃避、麻薬中毒と様々な説がありますが、実際に患者を診たかぎりですと――」

毒蜘蛛は、ない。鴆は慧玲の失脚を望んでいるが、患者に毒を盛ってまでとは考えていない。鴆は慧玲がみずから道を踏みはずして絶望の底に堕ちてくるのを待ち構えている男だ。

現実逃避もあり得ない。あれほど衰弱した身で踊り続けるのも押さえこむ女官たちを振りほどくのも不可能だ。完全に箍が外れている。

「麻薬中毒の危険が高いかと」

意外だったのか、藍星は仰天する。

「えっ、麻薬ってあれですか？　罌粟《けし》とか大麻から造られる危険な薬物《どく》ですよね」

「そうですね。麻酔としてもつかわれてきましたが、嗜好物としてつかわれた結果、中毒者が相ついだことから都では厳重に取り締まられています」

都ならば、麻薬入手の抜けみちもあるだろう。だが、ここは管理された皇帝の宮だ。危険な薬物を調達できるはずがない。

あるいは後宮のなかで製造したか。危険な薬物のもとになる草は意外なところにある。だが、これほど強い神経作用をもたらす毒となると思いあたるものがなかった。

「宦官を連れてきました」

屈強な宦官たちが妃妾を押さえこむ。慧玲は診察を再開する。

「すみません、服をはだけさせますね」

帯をほどき、襦を肩から落とす。ごつごつとした鉱物の塊が妃妾の背を埋めつくしていた。風化まではしていないが、侵蝕が進んでいる。

妃妾がまた激しく脚を跳ねあげた。いきおいよく振りかぶったせいで靴が飛んで、藍星の額に衝突する。

「むぎゃっ……って慧玲様！　妃様のあ、足、足の指が！」

妃妾の足の指は腐っていた。

爪は残らず剝がれて、皮膚は焼けこげたように真っ黒に変色している。壊死《えし》だ。

これは毒疫によるものではない。

壊死する薬物となれば、かぎられる。白澤の書を解きかけたが、検索するまえに後宮で見掛けたあるものが想いだされた。

黒変した竹の実だ。

「そうか、麦角中毒《バッカク》です」

なぜ、思いつかなかったのか。

「これならば、後宮のなかでも麻薬を造ることができます」

「えっ、えっ、竹の実ってそんなに危険なものなんですか？」

「正確には竹の実を含め、穀物に寄生する麦角という菌が危険なのです」

麦角菌に毒された穀物を誤食すると麦角中毒になる。

毒によって神経伝達が阻害されるため患者は錯乱し、さらには血管が異常収縮することで手足の先端から壊死していく。この事実がわかるまでに大勢の民が毒麦によって命を奪われた。

だが、この麦角が危険なのは致死毒だから、というだけではない。

「この麦角ですが、調合次第では強い麻薬効果があるといいます。恍惚《こうこつ》とした昂揚《こうよう》に導かれるとか」

後宮の竹の実は明らかに病変していた。麦角菌に寄生された竹の実を採取して薬物を造り、患者に投与しているものがいる。

毒の素姓がわかれば、新たな解毒も進められる。

麦角は土の毒だ。これが患者の土毒をいっきに強め、神経伝達、血の循環を滞らせて細胞を破壊した。壊死性の毒素が金毒による風化崩壊と結びつき、あのような結果となったのだ。

「ただちに離舎に帰って、調薬します」

「了解です。私は今のことを宮廷に報告してから、離舎に帰りますね」

藍星が帰るまでに食材を揃《そろ》えておこう。慧玲は考える。確か、食材のひとつは夏の宮で飼っていたはずだ。

◇

万物は陰を負いて陽を抱く。白澤の基礎理念にもなっている旧《ふる》い言葉だ。

あらゆるものは陰と陽からなり、順に盛衰を繰りかえす。冬は陰が強くなり夏には陽が克つように、循環を続けることで中庸を維持している。

神経伝達も同様だ。覚醒時は交感神経が優位になるため、意識が明瞭となり臓器や器官の働きが盛んになる。緊張や昂奮を瞬時に感じることで、高い集中力や運動能力を発揮できるが、続くと疲弊して不調をきたす。だから睡眠時には副交感神経に切り替わり、器官を休ませ、回復や消化吸収を促進させる。

この循環があって、人は健全でいられるのだ。

調薬の支度を終えたところで藍星が離舎に帰ってきた。

離舎の庖厨は手狭だが、慣れているので動きやすい。重ねて離舎には白澤が蒐集《しゅうしゅう》した貴重な薬種がまだ残っている。

「麦角は陽土の毒なんですね。陽の毒というと、昨年冬宮で患者が続出した人を酔わせる桜の毒と一緒ですよね。あの時は陽に陽をぶつけて解毒したと思うんですけど」

「そうですね。ただ、このたびは患者がきわめて衰弱しています。相殺は体力が充実している患者にのみ処せる解毒の手順です。負担をかけず中庸に還すには陰を補います。となれば、こちらの食材です」

慧玲はどんと、まな板に食材をおいた。

「か、亀ですか」

甲羅のついた特大の亀だ。ひっくりかえして伸びきった首根っこを慧玲が押さえこんでいるが、ばたばたともがいている。

「すっぽんです」

「ぎゃああっ、咬みついたら雷が落ちるまで離さないってやつじゃないですか！　素手でだいじょうぶなんですか！」

「咬まれないよう、ぐっと押さえこみながら洗いますね」

先ほどまで夏宮の池を泳いでいたので、藻が絡みついている。たわしで洗浄してから、ひと息に頭を落とした。

藍星は魂が抜けかけている。

「血は補血剤になりますから、残しておきますね」

続けて甲羅のつけ根に庖丁を挿しこむ。きりこみから指をいれて、いっきに甲羅を剝がした。不要なものは捨て、骨を落として切り分ける。

「お湯が沸きましたね」

臭みを取るため、熱湯につけて皮を剝いでから、水にさらす。

「さ、おぼえましたか？」

「……おぼえたとして、やれそうにないんですけど」

だが、さばき終わったところで食肉という認識になったのか、藍星は好奇の眼で覗きこんできた。

「赤身がきれいで、ぷりぷりしていますね」

「ふふ、新鮮ですからね。絶品ですよ、旨みがたっぷりで。ふぐやあんこうに鶏の脂が乗っているような好いとこ取りの味わいです」

想像したのか、藍星が唾をのむ。

「元気が漲《みなぎ》るとか若返るとかいう眉唾な噂を聴くんですが、ほんとうですかね」

「すっぽんは大補陰《だいほいん》といわれています。言葉どおり陰を補う薬なので、陰虚、血虚で衰弱しているものにとってはまさに究極の薬膳です。神経の伝達を改善し神経衰弱、錯乱を抑制。もちろん老化を制御する効能もありますよ」

「おおっ、噂どおりですね」

「風化は鉱物にとっての老化とも捉えられます。よって、老化防止の効能は金毒による風化の抑制にもつながるわけです」

「いいことだらけじゃないですか」

だが、これだけでは麦角の解毒はできないので、特殊な薬種をつかう。慧玲は倉につるしてあった乾物を持ってきた。

「祝融《しゅくゆう》という蛇の乾物です」

祝融はただの蛇ではない。雲を渡り火を噴く毒蛇であり、火禍をもたらすと怖《おそ》れられていながら地毒を焼き払うことで汚染された土壌を浄めるとも語りつがれてきた。寒い地域には聖火として祝融の火を祭祀する廟がある。

この祝融は、麦角の毒の緩和に役だつ。

だが火の要素が強すぎては患者に障るため、水の要素を持つすっぽんと組みあわせて中和する。

「蛇と亀ってすごい組みあわせですね。伝承に語られる玄武みたいです」

すっぽんの甲羅、祝融の乾物をつかって上湯《スープ》をつくる。続けてすっぽん、生姜をいれて、あくをとりながら煮た。蓋つきの器に移して竜眼、枸杞《クコ》、松の実、蓮《はす》の実、黄耆《オウギ》を加えてから一刻蒸す。

たとえようもない芳醇な香りが漂ってきた。

「調いました、玄武《すっぽん》の薬膳羹《スープ》です」


…………


落ちつきのない患者に薬膳を食べさせるのは至難の業だろうと想像していたが、患者は羹の香りを嗅いだとたん、ふらふらと寄ってきた。

蓋をあけると、春霞《はるがすみ》をまとった黄金の上湯《シャンタン》があらわれた。

大陸において武人は剣をもって争うが、庖人《りょうりにん》は湯《スープ》をもって競うとされる。湯は食の神髄なのだ。なかでも高級食材の旨みがとけだす上湯は最高級の湯として知られていた。

匙を挿してまぜれば、純金の湯からすっぽんが姿を現した。

「まあ、千歳緑《ちとせみどり》だわ」

「ぷるぷるとしていて、ふぐみたいですね」

女官たちが声をあげた。

緑がかっているのは甲羅の縁にある部分で、亀のえんがわとも称される希少部位だ。竜眼、枸杞といった生薬が上湯を飾りつけるように漂っている。

妃妾は匙を持つのもおぼつかないので、女官が妃妾の口に匙を運ぶ。

「あむっ、はわあ、おいしい……」

頬が蕩けるという表現があるが、妃妾は食べるなり全身をだらりと弛緩《しかん》させた。後ろにいた女官たちにもたれかかり、たったひとくちで夢見心地になっている。

食を進めるほどに妃妾は落ちつき、視線が定まってきた。

「なんだか、ずっと幸せな夢をみていたようなきもちだわ」

「なにがあったのか、聴かせていただけませんか？」

慧玲が尋ねると妃妾は首を横に振った。

「いまひとつ想いだせないのよ。竹筒に入った薬をもらったわ。薬を飲んだら、これまでつらかったのが嘘みたいに幸せなきぶんになって」

「どなたから受け取りましたか。宦官、それとも妃妾だったとか」

「わからないわ。姿もみていないし、声が男女どちらだったかも――でも、そうね」

妃妾は恍惚とつぶやいた。

「あれは神様の声だとおもったわ」

それきり、妃妾は気絶するように眠りに落ちた。藍星がただちに脈を確認して、安堵の息をつく。

「脈は落ちついています。踊り続けてよっぽど疲れておられたのかと。解毒できてよかったですね、慧玲様」

「いえ」

慧玲は表情を曇らせる。

「大変なのはここからです」

毒の働きを抑制し、壊死や譫妄《せんもう》は治療できても、薬物中毒から脱却するには時間がかかる。最低でも三日間は離脱症に苦しむことになるだろう。金毒の諸症状と重なって悲惨な状況になるのは想像に難くなかった。

「それでも乗り越えてもらわなければ。どれだけつらくとも悲しくとも。それもまた、命がある証なのだから」

それにしても、神様か。

薬とは神から授かったものではない。先人が創りあげた叡智の結晶だ。神からもらったと思いこんでいるのならば、それは。

何処かに神を騙《かた》るものがいるということだ。

◇

秋の季宮の中庭には天地壇に似せて造られた祭殿がある。

だが黄金で飾りたてられているだけで荘厳さがない。この祭殿は先の秋妃が古びた祭殿を取り壊し、私財を投じて建てさせたものだった。

日は落ちて、祭殿では篝火《かがりび》がたかれている。風に乗って、何処からともなく琵琶《びわ》の演奏が流れてきた。

祭壇には静がいる。

彼女は雅やかな錦の襦を幾重にもまとい、額には黄金の飾りをつけていた。不調をきたしていた時とは違って背筋がしゃんと伸び、神聖さを漂わせている。

祭壇の一段下には官巫女官がならび、静を取りまいていた。

「神薬をたまわった妃妾が続々と死去されているそうです」

幼い官巫女官が涙ながらに報告する。

側にいた女官たちもいっせいにうつむいて、頰を濡らす。

「尊い命が」

「ああ、なんてことでしょう」

袖で涙を拭き、報告した官巫女官は心底嬉しそうに笑った。

「よかった、これこそ神の愛です！」

歓声をあげ、女官たちは手を取りあい、踊りだした。

「神の愛は有難いものですね、いっさいの悲しみから解き放たれたのですから」

「みな、幸福のなかで笑いながら逝かれたそうですよ」

「うらやましいかぎりですね」

女官たちは一様に瞳孔のひらいた眼を輝かせて、祭壇を仰ぐ。

「静様が救って差しあげたのですね」

静は唇の端を綻ばせることもなく、厳かに袖を拡げる。袖についた鈴が奇妙な韻を奏でた。

「そう、これは救いよ」

神託とばかりに静は語る。

「万物は循環するもの。親をなくし、故郷をなくし、悲しみの底にいた私たちをお母様が救ってくださった。だから、これからは私たちが隣人を救うの」

風にあおられて篝火が月を燃やすほどに燃えあがる。静は祭殿に充満する香煙を胸いっぱいに吸いこんだ。

「つらいことも悲しいこともあってはならない。そんなものを抱えて生き続けるくらいならば、いっそ命を絶ったほうが幸福。このせかいは悲しみばかりなのだから」

静は終始表情を変えない。

だが、篝火を映した睛《ひとみ》のなかでいびつな毒が揺らめいた。

◇

桜が散って春終《じま》いとなった後宮では、妃妾たちの悲鳴が絶えなかった。

妃妾たちは一様に激しい頭痛に見舞われ、桶に頭を突っこんで吐き続けていた。慧玲が診察にくると、彼女らは息も絶え絶えに口をそろえて薬を欲しがった。

「あなた、食医だったら、あの薬だって調えられるのでしょう？　お願いよ、なんでもするから、あの薬を」

「あれは薬ではなく毒です。そして私は、なにがあろうとも毒は造りません」

妃妾たちは大声をあげ「そんなはずはないわ、あれは薬よ、薬をちょうだい」と縋りついてきたが、慧玲は振りほどいた。強い薬物を多量に投与されたので抜けるまでにはまだしばらくかかるだろうが、金毒の解毒は順調に進んでいる。

診察を終えた慧玲が部屋を後にしようとしたとき、中庭から藍星の怒声が聴こえた。

「馬っ鹿じゃないですか！」

慧玲が慌ててかけつけると藍星は女官に馬乗りになり、なにかを取りあげていた。藍星は慧玲を振りかえって声を張りあげる。

「聞いてください！　この女官、患者が落とした金砂を盗んでいたんですよ！」

言い逃れはできないと思ったのか、女官はひらきなおる。

「なによ、いいじゃない！　これくらい！　どうせ処分するものでしょう？　私だって新しい服とか髪飾りとか、欲しいのよ」

「他人《ひと》を毒してでも、ですか？」

慧玲の冷静な問いかけに女官はうろたえた。

「これは毒です。持っていればあなたを毒し、売買されたら商人や職人、客を次々に毒します」

「そ、そんなこと、知らなかったのよ」

「いえ、すでに宮廷から警告してもらっています。患者の金砂は毒なので清掃時に見つけたら触れずに連絡し、指定の官吏を派遣要請するようにと」

慧玲は藍星から純金の顆を預かる。金砂は石の小箱に収められていた。毒があると認識していた証拠だ。

慧玲はため息をつく。欲もまた、人が持つ毒のひとつだ。

藍星が衛官を呼び、女官は取り押さえられた。金毒が都にばらまかれたら、取りかえしがつかない。早期に取り締まってもらわなければ。

　金毒の禍はいまだに宮廷を乱していた。


…………


「報告です。といっても、進展はないんですよねぇ」

　黄昏がせまり、晴れていた空が曇りはじめた。ひと雨くるかと思っていたとき、鴆が劉を連れて離舎まで報告にきた。劉は宦官ではないが、皇太子補佐官の特権で鴆と一緒ならば後宮に渡ることを許可されている。

　藍星は春の宮までつかいにいっている。まもなく帰ってくるだろう。先に話を進めることになった。

「昨年の秋ごろに竹の実を収穫していたものがいないか、衛官に聴きこみ調査したんですが、そもそも離舎まで警邏《けいら》する衛官隊がいないんですよね。犯人が再度、薬物を渡しにくるということはないですかねぇ？　薬物依存になってるんだったら好都合じゃないですか。今度は金品を巻きあげるとか」

「可能性は低いとおもいます」

　慧玲が答える。

「妃妾に投与された薬物は致死量でした。薬漬けにするつもりならば少量ずつ与えるはずです」

「薬の量的に明確な殺意があったと。ですが、妃妾を毒殺するんだったら、こんな特殊なもんじゃなくてもっとわかりやすい毒を飲ませません？」

そこだ。慧玲も腑《ふ》に落ちなかった。

わざわざ麦角の毒をつかい、危険をおかして患者を狙うにはなにかしらか利得があるはずだ。だが、現段階で推測するかぎり、犯人には得るものがひとつもないのだ。

理解できない毒は、怖ろしい。

「ただ、妙なことがあってね」

ここで鴆が慧玲と劉の会話に割りこんだ。

「麦角中毒で錯乱している後宮の妃妾を見たが、宮廷官巫が入神している時の姿に瓜ふたつだった」

その言葉に慧玲が息をのむ。

「宮廷官巫というと秋妃の月静妃ですか。弥生《やよい》の終わりに一度、静妃の診察を依頼されたことがありました。神託のあとはきまって体調を崩されるそうですが、想いかえせばあの酷い嘔吐は薬物の離脱症状と似ています」

鴆は「なるほどね」とつぶやいてから、続けた。

「実を言うと、宮廷官巫の神託は風水を読むのと変わらない」

「わお、皇太子様、宮廷の元老院をいっきに敵にまわすようなことを言いますね」

ちゃかしているのか、褒めているのか、劉は微妙な調子で囃《はや》す。

「元老院は端から敵だよ。彼らは皇帝の落胤を是が非でも認めたくないらしい。まあ、宮廷官巫を崇拝するのは元老院ばかりではないからね、公では僕も敬虔《けいけん》に振る舞うさ」

鴆は肩を竦めてから、本題を続けた。

「そもそも風水師になれるかは産まれながらの才能できまる。僕にそんなものはなかったから統計と知識を寄せあつめて、読んだ振りをしていたけれどね。だが才能があっても、女は風水師になれない。その結果できたのが宮廷官巫だろう」

宮廷官巫になれれば、政にも関与できる。

「しかし風水師の才能なんて一部のものにしかない。だから薬物をつかった」

鴆は毒に精通している。

「毒で交感神経を無理やりに高め、五感を鋭敏にする。そうすれば、凡庸で知識のないものでも風水を読めるようになるだろう。宮廷官巫が天候や災禍をあてられるのも納得がいく」

宮廷官巫が後宮の患者に薬物を投与した——

諸々を総括すれば、そう考えるのが最も理にかなっている。だが、だとしても動機は読めないままだ。

「秋の季宮では孤児をひき受けて官巫をかねた女官として育てている。だが、受けいれている孤児の数と女官の総数が明らかに一致していないんだよ。薬物を投与した結果、壊れてしまった、あるいは命を落とした犠牲者がかなりの規模でいるはずだ」

「酷い……まだ、幼学《ようがく》（十歳）にも満たない姑娘ばかりなのに」

幼い官巫女官たちの純真無垢な笑顔を想いだして、慧玲は胸が締めつけられた。

「事の発端は先の秋妃でしょうか」

「孤児をつかい捨てにするのは先妃が始めたことだが、薬物はどうかな。宮廷官巫は昔から若くして逝去する。それに宮廷官巫にいき渡るだけの薬物の製造となれば、それなりの規模の施設も要る」

このようなことが秘密裏に続いてきたということか。

「ですが、宮廷官巫が絡んでいるとなると、これは厄介ですよ」

「あれは後宮の陰だからね」

慧玲が淹れた菊花茶の杯を傾けて、鴆はため息をついた。

宮廷官巫は皇帝や皇后でも動かすことのできない後宮の禁域だという話は聴いたことがあった。

「俺みたいな男の官吏はもちろんのこと、宦官ですら官巫の教えでは不浄とされているので、秋の季宮には踏みこめません」

劉が喋りながら欠伸をする。彼は段々と真剣な話に飽きてきたらしく、椅子の背で頬づえをついてだらけていた。鴆は彼を睨みながらも叱ることはせず、諦めている。

「どうでしょうか、いっそのこと、皇太子様が月静のもとに御渡りするという名目で潜入するのは」

「そもそも、僕は皇帝じゃない」

劉の提案に鴆が不愉快そうに吐き捨てた。

「だが証拠もない段階で禁を破り、強制調査をしようものならば、元老院が黙ってはいないだろうね。冒瀆《ぼうとく》だと見做《みな》される」

毒をまき散らしたものを裁くことはおろか、捜すこともできないのか。

慧玲は悔しくて唇をかみ締める。

「宮廷官巫といえば、渾沌の帝の時は特に酷かったですよね」

渾沌の帝と聴いて、慧玲が項垂れていた顔をあげる。

「いったい、なにがあったのですか」

父親である索盟の罪はつぶさに知っておきたかった。彼は罪だけを残して逝った。毒による暴虐だったとしても、結果は結果だ。

そして、罪を償うべきは姑娘たる慧玲の役割だった。

「神明裁判ですよ」

聴いたことはある。

有罪無罪の判決を、天地神明の意にゆだねるという裁判の様式だ。

「あの時の神明裁判は宮廷官巫の神託で判決がくだりました。まあ、ぶっちゃけ、宮廷官巫の気分ひとつですよねぇ。渾沌の帝が死刑を好んでいたので、軽罪でも官吏やら妃妾やらがしょっちゅう死刑に処されていましたよ」

「そんな……」

「そういや、裁判を取りしきる先の秋妃に賄賂を渡せば助かるとかいう噂がありましたね」

索盟がなぜ、そこまで宮廷官巫に入れこんだのか。彼は天地神明を信仰して、それに縋るような男ではなかった。どちらかといえば現実主義だったはずだ。

「錯乱していた先帝を操るために『官巫を頼れ』と唆したものがいたんだろうね。事実、先帝に忠誠を誓っていた重鎮が神明裁判にかけられてことごとく死刑になっている」

鴆は言外に雕皇帝の謀りだと示唆する。

索盟は心が壊れても、実兄である雕のことは信頼していた。

「兵部尚書《へいぶしょうしょ》の明《ミン》様が死刑になったのは酷かったですよね。彼は熱心な先帝派だったのに」

明と聴いて胸がざわりとする。確か、藍星の父親が兵部尚書の役職についていた。忠実な臣《おみ》だったが索盟の乱心で死刑に処され、藍星の実家には首だけが還されたという。

「藍星のお父様まで――」

そこまで言い掛けたとき、物が落ちて壊れる音がした。

息をのんで振りかえる。青ざめた藍星が震えながらたたずんでいた。足もとで土鍋が真っ二つに割れている。

「お父様が死んだのは宮廷官巫のせい、だったんですか」

「藍星……」

藍星は復讐《ふくしゅう》のために後宮にきた。

父親を死刑に処した先帝の姑娘である慧玲を恨んでいた。それでも、慧玲が身をなげうち患者を解毒する姿をみて、藍星は復讐を諦めたのだ。

だが、慧玲は知っている。

怨嗟という毒はそうたやすく、身から抜けるものではないと。

「そっか、そうだったんだ」

藍星の眼がごうと燃えた。

途端に彼女は弾けるように踵《きびす》をかえす。

「藍星っ」

慧玲は声をあげ、慌てて彼女を追いかけた。

怨嗟の毒はひとの魂を喰らう。怨嗟に毒されて身を滅ぼしたものたちを、慧玲はこれまで嫌と言うほどに見続けてきた。

藍星をひとりにするわけにはいかなかった。

「待ってくださいっ、藍星！」

日が陰りだす。黄昏かとおもったが、雨垂れが笹を弾いた。雨だ。氷のような雫《しずく》が髪や額をたたく。

慧玲は雨に打たれながら藍星を追いかけて、竹林を踏みわける。

紅葉を控えた竹は黄に錆《さ》びていた。日が差せば黄金だが、陰れば昏い黄土で、ここにだけは春がこなかったような虚しさが漂っている。

藪を走り慣れている慧玲が藍星に追いついて、濡れそぼった肩をつかむ。

「藍星」

「こんなの、変じゃないですか」

藍星は泣いていた。

身を震わせて彼女は訴える。

「なんで、悪いことをしたひとが裁かれなくて。忠誠をつくしていたお父様があんなふうに死なないといけなかったんですか。まちがっています、こんなの」

痛切な訴えが、慧玲の胸に深々と突き刺さった。

現実は不条理に満ちている。藍星の父親が処刑されたのも、助かるはずだった患者たちが毒死したのも、事実を告発できないのも不条理きわまりない。

だが、絶望という毒にさらされ続けた慧玲はまっこうから嘆き、不条理を糾弾することがいつのまにかできなくなってしまった。

父親は毒に壊され、母からは呪われて、不条理だと現実を拒絶することもできたのに、慧玲は絶望をその身に享けいれた。

毒を喰らい、毒を飲む。唇がただれても、喉が焼けても。

そうでなければ、ここまで進んではこれなかった。

「そうですね、その通りです」

「終わったことじゃないんですよ。いまだに続いています。お母様の心は壊れて、遠くにいってしまった。どれだけ時が経っても、還ってはこないんです」

「ええ、知っています」

怨嗟も、絶望も、悲嘆も薬では解けない毒だ。

「十二歳になる妹がいま、弟たちを育てているんです。十歳の弟が受験勉強をしていて。文官になって家族を裕福にするんだって。無実の父様を処刑した宮廷の官吏になるために勉強して、勉強して……想像するだけでもやるせなくなります」

「……そうでしたか」

「許せません、許せるはずがないじゃないですか。誰も裁いてくれないんだったらいっそ、父様を有罪にした官巫を捜しだして、殺せたらどれほど──なんて、いまだって、そんなことばかり考えてしまって」

藍星は両手で顔を覆い、頭を横に振る。

「……だめだって叱ってください。怨みは毒だから、いつまでも持ち続けていたらだめですよ、はやく捨てなさいって叱りつけてくださいよっ」

悲鳴じみた声が雨の幕を劈《つんざ》く。

「そしたら、諦めます。きっと諦めますから」

癒えない傷を隠して、明るく振る舞ってきた藍星がこなごなに崩れる。

慧玲は濡れそぼり凍てついた藍星の肩を静かに抱き寄せた。微かに震えている背に腕をまわして、なぐさめるようになでさする。

「叱れません……叱れるはずが、ない。だって、理解《わか》るから、あなたのきもちが」

藍星の眼が酷く揺らいだ。

「怨んだこと、あるんですか。だって、慧玲様は誰かを怨んだりなんか、なさらないと」

怨み続けてきた。雕皇帝を、索盟先帝を──だが最も怨嗟して呪い続けてきた相手は慧玲自身だ。先帝が壊れたとき、薬になれなかったことを悔やみ、母親の呪詛とともに怨み続けてきた。

　離は他人だ。他人は裏切り、敵となるものだ。だが慧玲は姑娘でありながら、敬愛する父親を助けなかった。姑娘を喰いたいと餓《かつ》える索盟から逃げ続けてきた。

「怨んでいます」

　時々考える。さきに薬の真実を教えられていたとして、慧玲は父親に命を捧げられただろうか。

　やはり逃げたのではないか。

　解らない。そんなみずからが許せなかった。

　だが、そんな怨嗟の毒が、彼女を薬としている。

　毒は薬となる。裏がえせば、毒がなければ、薬にもならない。

「怨んでいた、じゃないんですね？」

「怨み続けます、いつか私が息絶えるその時まで」

　これからさきもこの毒を抱え続けていく。

　その声の重さからすべてを理解したのか、藍星が息をついた。

「そ、か――だったら」

　もうひとつだけ、なみだをこぼして。

藍星は強い眼差しをした。

「慧玲様が我慢しておられるのに、私が我慢しないわけには、いきませんよね」

涙でぐちゃぐちゃになった顔で藍星は懸命に笑った。

藍星は強い。

（ともすれば、私よりずっと）

理不尽に殴られたら殴りかえして、間違っていることは間違っていると訴えてくれる彼女が、いる。それがどれほど心強いことか。

割れた雲からひと筋だけ、夕陽が差してきた。まもなく、雨があがるだろうか。

「ですが、宮廷官巫が毒を盛ったのならば、看過できません」

「でも、調査は……できないんですよね？」

官吏、宦官では宮廷官巫の禁域に踏みこめないのならば、選択肢はひとつだ。

「私が秋の季宮に赴いて調査します」

藍星が目をまるくした。

「危険です。だったら、私も一緒に連れていってください」

「いえ」

慧玲は静かな眼差しで藍星を見据える。

「あなたは残って、調薬をひきついでください」

「え、えええっ、む、無理ですよ」

後ろにのけぞって、藍星はぶんぶんと首を振る。

「あなたが日頃から真剣に勉強を続けていることを、私は知っています。脈診もすっかりまかせられるようになりました」

この頃は調理補助の域を越え、調薬の段階でも藍星にまかせられるようになってきた。残念ながら女官は科挙試験を受験できないが、医官に就職できる程度の技量は備わっているはずだ。

「あなたならば、できます」

信頼して、託せるとすれば、藍星だけだ。

藍星は戸惑っていたが、その言葉を聴いて決意したのか、きゅうっと唇をひき結んだ。皇帝の勅《ちょく》を賜ったとばかりに畏まり、藍星が袖を掲げる。

「明藍星、確かに拝命いたしました」

◇

秋の宮では琴が鳴り続けていた。

季宮に調査にきた慧玲は透きとおった旋律に死んだ妃嬪を想った。萬萌萌。彼女のためにも毒を根絶しなければならない。

「月静様にお逢いいたしたく参りました」

官巫女官たちは歓迎してくれた。秋の季宮の中庭にある祭殿に通される。ここではまだ、遅咲きの桜が咲き残っていた。

祭壇では静が地に素脚を投げだすようにしてすわっていた。

「静様、食医様がお越しになられています」

「通して」

祭壇にどうぞとうながされ、慧玲は三段の階《きざはし》をあがる。天地壇を模倣して建てたにしては重みのない建造物だ。金箔でやたらと飾りたてているせいだろうか。

慧玲は背を張りつめて、静とむきあった。

「解毒治療を続けていた後宮の妃妾たちが錯乱して、死にました」

「そう。秋の季宮にも報せがきていたわ」

静は関心がないのか、髪を弄ぶばかりで視線もあわせない。

たいする慧玲は、一瞬たりとも緑眼を逸らさなかった。

「なぜ、解毒直前になって患者たちが神経に異常をきたしたのか。白澤の知をもって調べた結果、死因は麦角中毒であることが明らかになりました。その後、ある患者に密偵となってもらったところ、こちらの薬を渡されたと」

慧玲は袖から竹筒と椀を取りだす。

「静様ならば、知っておられるのではないでしょうか」

椀にあけた。さらっとした粥のような飲み物だ。穀物のつぶがわずかに残っている。背後に控えていた女官たちがざわめいた。静がやっとこちらに視線をむける。その眼は虚ろで曇った鏡を想わせたが、眉の端だけが微かに震えた。

挑むように慧玲は尋ねる。

「こちら、宮廷官巫の神薬ではありませんか？」

宮廷官巫の本拠への調査を志願した慧玲は鴆とも話しあい、食医が直接赴く段階で策を弄しても疑われるだけだという結論に達した。

ならば、正々堂々対峙するまでだ。

「そんなはずはないと思われましたか？　そうですね。かならず、飲み終えるまで確認しておられたのですから。ですが、実はこうすれば飲んだふりができます」

慧玲は袖をひき寄せながら椀を飲み乾すふりをして、袖にしのばせた布に吸わせた。椀がからっぽになったのを確認させてから、袖から布を取りだしてしぼりだす。残らず、椀にかえしてから続けた。

「密偵をしていた患者はこうして薬を回収しました。その時に宮廷官巫らしき姿を見掛けたと」

もちろん、はったりだ。

密偵などはおらず、患者は例外なくこの薬を飲んでしまっていた。

だからこの粥のような神薬は慧玲が造った。麦角菌に寄生された竹の実は残っていなかったので、汚染された麦を取り寄せてもらった。

偽造した物証に騙され、観念したのか。

一拍おいて、静は結んでいた唇をほどいた。

「それが、なにか？」

信じがたい言葉に耳を疑って、慧玲は眼を見張る。静は異様なほどに落ちついていた。

後悔もなく恥もなく、静は蝶のような睫を瞬かせる。

「私はただ、彼女たちを救っただけ」

彼女には良心の呵責《かしゃく》がひと匙もなかった。

「……救ったと」

慧玲は喉をひきつらせた。

「救ったと言うのですか！　彼女らは錯乱して、骨も残さずに命を落とした。助かるはずの命が奪われた。それがなぜ、救いなのですか！」

声を張りあげ、糾弾する。

青天のもと、燃える篝火が弾けた。香を帯びた煙が噴きあがる。眩暈のするような強い香だ。荒い呼吸をしていた慧玲は噎せこみそうになった。

「救いよ。つらいことはなくなった。毒疫にさいなまれることもなく、哀しみにさらされることもなく、幸せに逝ったでしょう？　なにが不満なの」

「ですが、彼女たちがこれから享受する幸福もまた、喪《うしな》われた。妃妾を愛していたものがどれほど嘆いたことか」

萌萌の死を嘆き、遺された服を抱き寄せる女官たちの姿を想いだすだけでも、やるせなさが胸を突いた。

「だから、それがどうしたの」

この期に及んでも、静はいっさいの理解を持たなかった。

「他人が嘆くから、苦に縛られてでも生き続けろと命令するの？」

「それは」

「医者って偉いのね。患者たちは声を嗄らして訴えていたはず——死にたいって」

唇をかみ締める。

萌萌のかすれた声が鼓膜から離れなかった。彼女は「死にたい」とつぶやいた。だが、琴にはこころを動かした。再びに弾きたいと想っていたから、もう弾けないのではないかと彼女は嘆いたのだ。

ならば、あれは、生きたいという魂の声ではなかったか。

「違います、あれは毒がつかせた嘘です」

彼女は助かりたかった。死にたかったわけでは、ない。

「嘘か、真実か。あなたに解るの？　天地神明の声が聴こえないあなたに」

「患者の嘘を見破るのは医師の役割です。病や毒は人に嘘をつかせるものだから」

先帝のことを想いかえす。彼もまた毒に侵されて本意ではない言動を繰りかえした。

暴虐を振るい無辜の命を奪い――毒されていたからといって、罪が許されるはずもない。

だが、心を壊す毒があることは理解するべきだ。

「人は弱い。心身ともに毒に侵されていれば、なおのことです。だからこそ、ほんとうは生きて幸せになりたくとも、死にたいと望んでしまう時がある。そんなありふれた嘘を看破できずして、食医といえましょうか」

食医は特に命の、生にむかう働きを補助するものだ。食とは命の礎なのだから。

静がおもむろに視線を落とす。

「残念。あなたとは解りあえないみたい」

静まりかえっていた女官たちがいっせいに動いた。

「うっ」

勢いよく腹を蹴られて慧玲が膝をつく。

続けて背から馬乗りになられ、抵抗する暇もなく祭壇に倒れこんだ。幼い姑娘とは想えない力で押さえつけられる。異常だ。首を逸らして後ろに視線をむければ、以前慧玲に診察を依頼してきた女官が腕を振りかぶって、笑っていた。

鈍い衝撃が、あった。

頭を強く殴られて、意識が遠ざかる。

「わ、気絶させてしまいました」

「ごめんなさい、強くたたきすぎちゃったみたいです」

視界は暗くなって途絶えたが、聴力だけは微かに残っていた。静がため息をつきながら近寄ってくる。髪をつかまれた。

「神薬、飲ませるつもりだったのに。飲んだら考えを変えてもらえるはずだから」

静の声が最後に聴こえたきり、慧玲の意識は闇に落ちた。

◇

酷い臭いがする。

強烈な香煙に絡まるように腐臭がまざって、鼻腔《びこう》を焼く。噎せかえりながら、慧玲は眼をさました。

思わず喉を押さえようとしたが、腕が動かせなかった。暗くて状況が把握できないが、鎖のついた手枷《てかせ》で椅子に拘束されているようだ。音が反響することから、地下室だろうとあたりをつけた。

ここまでは予想どおりだ。

殴られて気絶させられるとまでは思わなかったが、宮廷官巫は慧玲の命を奪うことはしないだろうと推測していた。いま、慧玲が死んだら、宮廷官巫に殺害容疑がかかる。罪を認めたようなものだ。

かならず捕えて薬漬けにするはずだと予測していた。

慧玲には毒が効かない。麦角菌の毒をつかった薬物もまたしかりだ。

だから危険は承知で、慧玲が囮《おとり》役となったのだ。

宮廷官巫に直訴することで静や女官の注意を引きつけ、裏から鴆と劉が季宮に侵入するという手筈《てはず》になっている。薬を押収、もしくは薬を醸造している施設や証拠がみつかれば、宮廷官巫を摘発できるだろう。可能ならば失踪した女官の捜索、救助もする。

今頃は内部捜査が始まっているころだろう。

慧玲の役割は果たせたのだ。

神経をとぎすませば、微かに喘鳴のまざった荒い呼吸が聴こえた。動物か。いやこれは人の息遣いだ。

暗がりに眼をこらそうとしたとき、背後でぼうっと燈火《あかり》がついた。

緊張して振りかえる。静だ。彼女は空疎な眼をして提燈をさげていた。いつから後ろにいたのか。

「ほら、みて」

燈火を掲げた静にうながされ、視線を戻す。

「っ」

うす暗がりのなかには大勢の娘たちがわだかまっていた。

壁にもたれて項垂れているものがいる。敷きつめられた藁《わら》に横たわるものがいる。足を投げだしてすわるものがいる。いずれも恍惚と微笑んでいた。

だが剝きだしの足は壊死して、骨が覗いたりちぎれかけたりしている。涎を垂らして失禁しているものもいた。彼女らが垂れ流す腐臭が一帯に充満しているのだ。それなのに、笑っている。笑っている。笑っている。

「幸せそうでしょう」

静が愛《いと》しげな声で囁きかけてきた。

「あの姑《こ》娘たちは神様のみもとにいったの」

背筋が凍りついた。続けて、腹の底から腐るような嫌悪感が湧いた。慧玲は椅子から身を乗りだして、声を荒らげる。

「なにが幸せそう、ですか。なにが神様ですか。彼女たちは身も心も毒されて、壊れきってしまっただけよ！」

中毒患者は二割が幼く、八割は笄年を過ぎていた。秋の季宮にいる女官が総じて笄年を迎えていないのは時が経つほどに中毒が進んで、壊れてしまうからだろうか。

「よくもそれを救いだなんて」

「だって、彼女たちはこれまで地獄にいたのよ？」

静は瞬《まじろ》ぎもせず瑠璃珠《がらすだま》のような眼で慧玲を見つめかえす。

「戦火に故郷を焼かれた。敵国の兵に家族を虐殺された。毒疫に親を奪われた。飢饉《ききん》に見舞われて捨てられた。税を払えず奴婢として売られた。想いだすたびに錯乱して泣き崩れて。でもね、もうなにもおぼえていないの。それは幸せなことよ。……私もそう」

静は喋りながら、金糸で縁取られた裙《くん》のすそを捲《まく》りあげる。

痩せた腿《もも》には醜くただれた火傷の痕があった。

焼《や》き鏝《ごて》による奴婢の烙印《らくいん》だ。

「三年前に青巾《せいきん》の乱があったでしょう」

先帝の頃だ。酷税に喘いだ農民たちが反乱を起こして賊に転じた。一揆を結んだものたちがそろって青い頭巾を身につけたことから、青巾の乱という。

「私はその時の賊に家族を殺された。父親も母親も兄弟も惨殺されたけど、私だけは残されて、賊の首領に可愛がられていたそうよ」

「そう、というのは」

「言ったでしょう？　おぼえていないのよ。でも、けっきょくは飽きられて奴婢として売られたところを、お母様に助けられたの」

静は眉根を寄せることもなければ、声をつまらせることもなかった。他人の不幸を語るようにたんたんとみずからの経緯を言葉にする。

「夜毎に酷い夢をみては悲鳴をあげて起き、逃げだそうと壁を搔きむしる私にお母様は神様の薬をくださったの。そうしたらね、ぜんぶ、わすれちゃった」

静は微笑もうとしたのだろう。動かない表情筋を無理につりあげるように人差し指で唇の端を持ちあげた。壊れている。

「だから、つらくもないし、かなしくもないし、くるしくもないの。ただ、神様の声が聴こえるだけ。ね、幸せでしょう？　とってもとっても幸せでしょう？」

かわりに麦角中毒の姑娘たちが笑いだした。壊死した身をひきつらせ、浪うつように肩を跳ねさせて大声をだす。地下室いっぱいに喧しい声が反響して、壁にあたっては弾け、飽和する。

「お母様が救ってくださったの。だから、私もお母様みたいにやるの」

宮廷官巫がなぜ、患者に麻薬を渡してまわっていたのか、慧玲はずっと理解できなかった。食医を失脚させたいわけでも患者に怨みがあるわけでもない。薬物に依存させて金銭を巻きあげるわけでもない。

患者を死にいたらしめても、得るものがないのだ。

この薬物は希少なものだ。ほんとうならば、官巫だけでつかいたいはず。それなのに、なぜと動機を考え続けていたが、たったいま、慧玲は理解できた。

これは慈悲による施しなのだ。

「後宮が毒疫の禍に見舞われた時に声がしたの。天地神明の声よ。お母様みたいに神の薬をあげたらいいんだって。そうしたら、みんな幸せになった」

静には罪の意識がない。この薬物が毒だという認識もなかった。単純に不幸なひとを助けてあげようとおもっているだけだ。無垢《むく》なる善意の毒。慈善に損得の勘定があろうはずもない。

「お母様、ですか」

静は先の秋妃に地獄から救いだされたと想いこんでいる。

だが、違うのだ。

「あなたのお母様は碌でもない女でしたよ」

慧玲は冷静な声で訴えかける。

「彼女は身寄りのない幼子《おさなご》を救った振りをして、私利私欲を満たすために都合よく操っていた。薬物を常用させて、嘘の神託をさせて——誣告《ぶこく》していた」

誣告とは嘘の証言をして他人に無実の罪をかぶせることだ。官巫が神託を偽ることを指す。

「神明裁判で罪もないものたちが続々と死刑に処されました。よほどの報酬をもらっていたのでしょうね。あんな祭殿を建てられるくらいですから」

「なにが言いたいの」

「あなたが聴いていたのはほんとうに神様の声でしたか？　お母様にこう語れと刷りこまれたことはありませんでしたか？」

続けざまに質問を投げかければ、静の視線がぐらりと揺らいだ。

「ち、違う……私は神様の声を。だってお母様は神様で、神様は」

舌がもつれてきた。催眠が解けかけているような混乱ぶりだ。彼女たちは薬物によって思考を奪われてきた。毒をつかった一種の呪縛だ。

「これは神様の薬などではありません。毒です」

「そんな、こと、ない。もうあなたとは喋りたくない、あなたの言葉は聴きたくない」

静は現実を拒絶して頭を振る。額についた黄金の飾りが火を映して、鈍く瞬いた。

「飲んだらわかるはず。この幸せがどれだけ素晴らしいものなのか。さあ、救われて、楽になって、私たちと一緒に」

静が粥を飲ませようとする。抵抗はしたが、鼻をつままれて呼吸ができず、咄嗟に緩めた唇から粥をそそぎこまれた。

あまったるくて苦味のある毒の味が拡がる。

なぜか、皇后から受け取る毒の杯と似ていた。

(だいじょうぶ)

言い聞かせるように胸のうちで唱える。しばらく錯乱するかもしれないが、慧玲のなかには毒を喰らう毒がいる。時が経てば解毒できる。

鼓動が鈍く、肋骨をたたいた。

四肢の末端がごうと燃えあがる。

「あっ……」

劇痛という火の群れは脚をかけあがり、腕を焼いた。だがそれは、まもなくして麻痺《まひ》した。肺が燃えているので呼吸ができない。熱を孕んだ血がいっきに逆流する。それが気持ちよくてたまらなかった。踊りだしたいほどに。

だが、毒にその身を蝕まれながら、慧玲が考えていたのは地下室にいる麦角中毒の患者たちのことだ。麦角中毒の末期は想像を絶する悲惨さだった。細部までは確認できなかったが、腕が腐り落ちたものがいた。眼球が白濁しているものがいた。歯がひとつ残らず抜けていたものもいた。

慧玲は白澤の姑娘として、あらゆる毒を絶つと誓ってきた。

それでも取りかえしのつかない患者というのは、いる。

あそこまで毒に浸かりきってしまったものたちを、果たして解毒できるのか。いや、そもそも解毒したところで、助けることができるのか。幸せからひき剝がして、現実とむきあわせてもいたずらに心を壊すだけではないのか。

(――――わからない)

自信を持てず、窮する。

「ね、なにもかもわからなくなってきたでしょう、それが幸せなの」

静が誘惑するように囁きかけてきた。

視界がひずむ。暗いばかりの地下室の壁に夥《おびただ》しい華が咲いた。芍薬、椿《つばき》、桜に梅。網膜を焼くように万華鏡が廻《まわ》り続ける。頭のなかをかき混ぜられて、思考がばらばらになっていった。最後に残ったのは「助けたい」という想いひとつ。

使命感というには強迫じみた。

(だって、私は薬だ)

薬でなければ。

強い想いにこたえるように身のうちで脈うつものがいた。

「――――」

素肌が、青い光を帯びた。

「な、に」

静の戸惑う声が聴こえた。

胸から項《うなじ》、頬にかけて紋様が浮かびあがる。鳳凰の紋だ。ああ、解毒が始まるのだ。

胸に根差した鳳凰が歓喜して、毒を喰らう。

薬物による昂揚が先になくなって、あとには毒の苦痛だけが残る。麻痺していた痛みがよみがえるかわりに思考がまとまりはじめて、解毒が進んでいるのだと実感する。

それだけでは終わらなかった。

こめかみが痺れだす。鏡もなく確かめるすべはないが、紋様がまた拡がったのだろうか。心臓が強く脈動する。胸のなかでもうひとつの命が息づいていて、肋骨を破ろうと蹴り続けているような異様な動悸《どうき》だ。

「あ、……やぁ」

殻を破るように肌が、破れた。

血潮を滲ませることもなく、慧玲の胸から華が咲き誇る。

透きとおるような白に孔雀青を帯びた八重咲きの華だ。白澤の書にも載っていない。敢えてたとえるならば、月来香《げつらいこう》に似ている。暗い夜にだけつぼみを綻ばせる奇矯な花

――地獄でしか咲けない彼女にふさわしかった。

大華の華を取りまくように青緑の翼が拡がる。

「私はどうなって……」

慧玲が息をのんだのがさきか、風が吹きあがった。

浄らかな香をともなった旋風だ。羽振《はぶ》るように吹き荒れた風は慧玲を拘束していた枷《かせ》をこなごなに砕き、静を吹きとばす。

それだけではなかった。

壁に背を打ちつけ気絶した静から、紫の霧を彷彿とさせる瘴毒《しょうどく》が噴きあがる。細くたなびいた瘴毒は慧玲の胸に咲いた華へと吸いこまれていった。

華が、毒を喰らっている——異様な事態に慧玲が思ったことはひとつだ。

「助け、られる？」

この華が毒を喰らい、毒を絶つものならば、麦角中毒になった患者たちを助けることもできるのではないか。

「っはぁ、はぁ」

慧玲は鈍く錆びついたような身をひきずってよろめきながら、壊れた娘たちのもとにむかった。袖から蝶が舞いあがったが、慧玲がそれを意識する余裕はなかった。

患者たちの膿《う》んで崩れた脚をさすり、あわを吹きながら笑い続ける姑娘を抱きおこす。

絶望の底から助けだされたはずが、さらなる地獄に落とされてしまった哀れな姑娘たち
——かならず、助けなければ。

争いなどなければ、貧しさがなければ、毒疫がなければ。

こんなことにはならなかったはずだ。

民の不幸は皇帝の失政による。万民を等しく楽とするべく皇帝はいるのに、側にいる民を助けられずして、なにが皇帝の姑娘だ。なにが女帝だ。

ひとりずつ抱き締めて、毒を吸いあげる。

次第に患者たちの痙攣が落ちつき、荒々しかった呼吸が穏やかになってきた。

毒を受け取る分だけ、慧玲の身が蝕まれていく。

頭が割れそうなほどに締めつけられた。腕や脚が燃えている。踏みだすだけでも紅蓮《ぐれん》地獄《じごく》を渡るような灼熱《しゃくねつ》感にさいなまれた。

(それでも、私が、薬だから)

いつだったか、索盟先帝が壊れていなかったころ、彼は姑娘たる慧玲にこう尋ねた。この国において最も身分の低いものは誰か、知っているかと。

慧玲は奴婢ではないのですかと答えた。だが、索盟は否定した。

「それは皇帝だ。皇帝とは民に命を捧げ、奉仕する、奴婢のなかの奴婢なのだ。だがそれでいて民を統べ、君臨し続けねばならない。頭上に拡がる天にして踏みつけられる地である。民に喰わせるべくして実り続ける麦。それが皇帝というものだ」

あの時は索盟の真意が理解できなかった。

だが、いまならば、解る。

鴆に皇帝になるべきは貴女だと腕を差しだされたとき、彼女は血盟するがごとく誓いをたてた。かならずやこの身を薬となして民に捧げようと。

「よかった、これで……」

ひとり残らず解毒できた、とつぶやきかけた言葉が喉もとにつまる。

「……あ」

また強い風が吹きあがり、その身がいっきに燃えあがった。

ただの火ではなかった。透きとおる白銀の火だ。熱こそ帯びてはいなかったが、神聖な御力《みちから》を感じる。だが、その波動は混沌《こんとん》として荒んでいた。

胸のなかで、なにかが――破れて、喰い、破られて。

笙を想わせるさえずりが、あがった。

◇

「ほんと、予想外にも程がありますって！」

劉が鞘に収めたままの剣を振るった。

風を唸《うな》らせて振りおろされた薪割り斧《おの》を、鋼鉄の鞘で弾きかえす。

斧を振りまわしているのは年端もいかぬ官巫女官だ。女官は斧を弾かれて後ろに退《すさ》り、すぐさま追撃を繰りだしてきた。尋常ならざる動きだ。

「賊なのです」

「許せません」

「男です」

「なおのこと、許せません」

「埋めちゃいましょう」

「そうしましょう」

女官たちは雀《すずめ》の群れのように楽しげに喋りながら、襲いかかってくる。雅楽の旋律がふさわしい季宮の中庭で剣戟《けんげき》の喧騒が嵐のように巻きおこる。

「まったくもって、厄介なことになったね」

鉈を振りかぶる女官に足払いをかけ、退けてから、鴆がため息をついた。

慧玲が身を挺《てい》して宮廷官巫を牽制《けんせい》している隙をつき、鴆は劉を連れて秋の季宮に侵入した。あとは秘密裏に調査をして証拠物を捜すだけだった。だが女官に侵入を気づかれてしまい、助けを呼ばれるまえに女官を気絶させようとしたが、彼女は逃げだすどころか、斧を持って攻撃してきた。

そうこうしているうちに騒ぎが拡がり、今にいたる。

「俺は喧嘩は大好物ですが、姑娘《おんな》を殴ったり蹴ったりするのはどうにも」

劉はしぶりながら、斬りかかってきた女官を薙《な》ぎはらう。

鞘から抜いていないので斬れはしなかったが、女官は吹っ飛んで中庭の石段を転がりおちていった。だがすぐに跳ねあがり、折れてぶらぶらになった腕を振りまわして笑いながら斬りかかってきた。

「うげっ、だから異常ですってば！　どうなってんですか！」

「麻薬だよ。運動神経があがり死にも怯まなくなる。訓練をすれば、最強の軍隊のできあがりだ。侵入をすぐに察知されたのもそのせいだろうね」

「こわ……そんなことできるんですか」

鴆は短剣に毒を塗っていたが、薬物で神経が麻痺している女官たちにはそんな微量の毒では効果がなかった。即死毒ならば、さすがに効くだろうが。

（殺すわけにはいかないか）

だが、これではきりがない。

官巫女官たちは骨が折れようが、短剣が脚に刺さろうが、お構いなしに襲いかかってくる。痛みを感じないだけで人間はここまで強くなれるのか。

劉は剣で斧を受けとめていたが、斬撃が重すぎて腕が痺れてきたのか、顔をしかめる。

鴆は端から攻撃は避け、柳に風とばかりに受けながしていた。

「しっかし、あれですね。こうた……げほげほ」

劉が咳払いをしてごまかす。外套で素性を隠して侵入している時は、公然と皇太子様とは呼ばないだけの弁《わきま》えはあったらしい。

「貴方様ってお強いんですねぇ。暗殺者みたいな動きですごいです」

「褒められているかな、それは」

「完璧に褒めことばですよ！　だって、格好いいじゃないですか、暗殺者って！」

言動はともかく、劉も武芸の腕だけは卓越していた。

致命傷を与えないように加減をしながら、これだけの人数をさばいているのだから大した技量だ。鴆が毒をつかわなければ互角だろうか。親の縁故だけで侍中の役職についたわけではないのかと鴆がわずかに感心する。

なにより、剣を振るうのが好きだというのが動きから感じられた。名家の三男でありながら、剣をつかいたくて危険をともなう武官という役職についた物好きだという噂も聴いたが、あながち嘘ではなさそうだ。

その時だ。ひらりと蝶が舞った。

有事のために慧玲の袖にしのばせていた偵蝶《ていちょう》だ。慧玲の身に危険がせまっているのだと瞬時に察知して、鴆は息をのむ。

「隙ありですっ」

背後から女官が斬りかかってきた。鴆は短剣を振るいながら、身をひねる。脇腹を鉈がかすめていった。袖がちぎれ、血潮が滲む。

「ちっ、そろそろ、わずらわしくなってきたな」

劉を連れてきたせいで、毒蟲はつかえない。皇太子が蟲を扱う毒師だとばれるのは望ましくなかった。

（いっそ、人毒を剣にしのばせて、殺すか。ひとりも残さず息の根をとめれば、証拠も残らないだろう）

鴆は頭のなかで策略を練る。

官巫女官を殲滅《せんめつ》してから、慧玲を連れて帰還。秋の季宮が壊滅していると騒ぎになってから現場調査というかたちで官吏を派遣して、麻薬製造の証拠を押収させれば、万事解決となる。

鴆は他人の命を重んじていない。官巫女官が死に絶えようが、後宮が壊れようが、彼にとってはどうでも構わないことだ。

鴆が一瞬だけ、劉に視線を投げる。

鴆に疑いがかかるようなことがあれば、劉が虐殺をしたことにする。もともとそのために彼を連れてきたのだから。

劉は鴆の視線からよからぬものを感じたらしく、顔をひきつらせて振りかえる。

「えっ、なんか、とてつもなく悪いことを考えていませんか？」

「まさか。たいせつな侍中の身を案じただけだよ」

「嘘だぁ……俺、馬鹿ですが、勘はいいんですよ、ねっ」

劉は敵をいっきに薙《な》ぎ払《はら》って跳躍。鴆と背をあわせる。鴆にしか聴こえないように声を落として、肩越しに尋ねてきた。

「皇太子様って、ほんとはもっと違うにんげんですよね？」

品行方正で物腰穏やかな皇太子。異端視されて苦笑いを浮かべているだけの、頼りない男。全部が演技だろうと。

「……」

鴆は振りかえり、微笑みかけた。

「だとしたら？」

ひと匙の毒を滲ませて。

「あなたがつかえているのは僕の皇太子様《役柄》だろう？　役者《僕》がどんなにんげんであろうと関係はないはず。違うかな」

劉は遅れて鴆の意を理解したのか、へらりと嗤った。

「違いませんね。俺はてきとうに働けて、できれば剣を振っていられたら、ほかはなんでもいいです。あ、でも、蜥蜴の尾にはなりたくないですね」

「わかったよ。そのかわり、宮廷ではよけいなことを喋るなよ」

鴆の袖から夥しい量の蜘蛛が身を躍らせた。

琴蟲《きんちゆう》だ。真珠ほどの蜘蛛だが、琴の弦のような撚糸《ねんし》を喀く。この蜘蛛の撚糸は剣でも斬れない強靭《きようじん》さを持つ。蜘蛛の喀いた撚糸が女官たちに絡みつき、次々に縛りあげた。逃げだそうとしたものもいたが、残らず捕獲して軒につりさげる。

「いい蟲《こ》だ」

琴蟲が役割を終えて、鴆の袖に戻る。

「すっげぇ、やっぱり格好いいじゃないですか」

劉は眼を輝かせて終始歓声をあげていた。

「むむっ、逃げられないのです」

「腕は要らないから、抜けだすのです」

女官は縛られてなお、もがき続けている。

撚糸で切れた肌から血潮が滲む。本気で腕を捨てて、抜けだそうとしているものまでいた。完全に頭にまで薬がまわっている。鴆があきれて、ため息をつく。

不意に風が吹きあげてきた。

奇妙な風だ。

風にさらされたのがさきか、あれだけ抵抗を続けていた女官たちの身が弛緩した。紫の瘴毒を喀きだして失神する。

「どうなってんでしょう、これ」

清浄な花の香をともなったこの風には憶《おぼ》えがあった。

慧玲だ。

鴆は考える暇もなく、地を蹴っていた。

風に導かれるように鴆は、入り組んだ殿舎のなかを進んでいく。

「皇太子様、待ってくださいって」

劉が慌てて追いかけてきた。鴆は振りかえらず廊下をまがり、地下室に続く階段にいたる。底から吹きあがる風でかぶっていた外套が外れ、髪がかき乱された。

覗きこんだ季宮の地下室は冥界に続いているかと想うほどに昏い。

「慧玲！」

呼びかけたが、声は吸いこまれ、かえってはこなかった。

鴆はためらわず、階段をおりていく。

昏冥《こんめい》の底では透きとおる白銀の火が燃えていた。

熱のない奇異な火だ。燃え続ける火から、鴆は肌が痺れるような凄みを感じた。不測の事態であることは疑いようもない。

「ちょっ、待ってください、皇太子様……なんか、俺、動けないいんですけど」

振りむけば、劉は壁にしがみついて息も絶え絶えによろめいていた。本能から湧きあがる恐怖、畏怖で身が竦み、動けなくなっている。

鴆は使い物にならなくなった劉を取り残して、先に進む。

「いるんだろう、慧玲、慧玲！　……慧玲」

奈落の底に慧玲が、いた。

銀の髪を風になびかせ、胸から華を咲かせている。孔雀を連想させる霊妙な華だ。華からあふれた白銀の火がその身を包み、暗がりにたたずむ姑娘の姿をぼうと浮かびあがらせていた。

一段と拡がった青い紋様が緑眼のふちを妖しく飾りつけている。血を喀いたのか、唇は真っ赤だ。傷だらけで服もあちらこちらが破れていた。

惨《むご》たらしいほどに綺麗《きれい》だ。

鴆は本能で感じる。これは畏《おそ》ろしいものだと。

彼女はまわりにある毒を吸いあげ、貪欲に喰らい続けていた。飢えている。眼を覗けば解る。底のない飢渇。

幾度となく死線を越えてきた男が、戦慄する。

背が凍てつき、時がとまったように動けなくなった。

あるいはここまで畏怖するのは鴆だからこそか。

鴇は人毒であり呼吸をする毒だ。

根差した本能が危険だと強く訴えてくる。あれにだけは近づいてはならないと。

「っ……慧玲」

臆してたまるか。

喧しい本能をねじふせて、鴇は視線をそらさずにひとつ。

彼女のもとに踏みだす。

「迎えにきたよ」

空虚ばかりを映していた緑眼が揺らめき、振りかえる。静かに荒んだ眼だ。慧玲はそんな眼をして、なおも微笑んでいた。

綻んだ血濡れの唇を動かす。

「――――」

声はなく。言葉にもならず。

だが、鴇にだけは、聴こえた。

「――――助けて、鴇」

鴇は瞬時に理解した。

慧玲の魂が、喰われているのだと。

彼女のなかに根づいた毒を喰らう毒が、いま、彼女を喰い荒そうとしている。彼女の魂を毒とみなしたのか。あるいは飢えて錯乱しているのか。

　解らないが、たいせつなことはひとつだ。

「彼女を、喰わせてなるものか」

　絡みつく本能の呪縛をひきちぎるように鴆が踏みだす。

　旋風がごうと吹きすさぶ。鴆の髪を結わえていた紐がほどけた。宵の帳のような髪が拡がる。

「麒麟だか神だか、知らないが――渡さない」

　風が瓦礫《がれき》の破片を巻きあげたのか、頬が微かに切れた。

　踏みだすごとに鴆のなかにある人毒が喰われていく。蛇や蜂、蝶や蜘蛛といった蟲たちが死に絶えて、袖から裾から落ちる。

（この身の毒くらい、喰らいたければ好きなだけ喰らえ。なんだってくれてやる、彼女を取りかえせるんだったら）

　彼はすでに誓っている。毒をあますことなく、彼女に捧げると。

　鴆はちから強く慧玲を抱き寄せた。喰い破られて、ばらばらになった魂をつなぎとめようとする。

「だから、そんなものに喰われるな、慧玲」

　その声に魂を喚《よ》びさまされたのか。

緑眼に強い意志が、よみがえる。

「慧玲」

「……私、私は」

彼女はまた、微笑もうとする。

怒りは毒だ。嘆きも毒だ。

恐怖なんて毒が残っていては薬にはなれない。

だから彼女はつらい時ほど微笑を絶やさなかった。時々、唇を一瞬だけかみ締めて、慧玲は万の毒を喰らってきた。

「僕だよ」

鴆が囁きかけた。

「僕だろう？ いま、貴女の傍にいるのは」

たったそれだけ。

だが、崩れた。

「っ……」

彼女はいとけなく頬をゆがめる。喉からはこらえきれなかった悲鳴が洩れだした。たったひとつだけ、こぼれた涙が、砕けた星のように瞬く。

「……そうだよ、それでいいんだ」

鴆は愛《いとお》しむように微笑んで、慧玲を抱き締める腕にちからをこめる。

先ほど「助けて」とつぶやいた時も彼女の唇は微笑をかたどっていた。だから、声などなくとも、聴こえたのだ。

傷つくほどに微笑もうとする彼女の癖を、鴆だけが知っているのだから。

慧玲は銀の睫をふせ、眠りに落ちるように意識を手放した。張りつめていたその身からふっと力が抜ける。

鴆は慧玲を抱きあげた。

微かな香を残して風がやみ、鎮火する。慧玲の胸を破り咲いていた華も緩やかに凋《しぼ》んでいった。孔雀が翼を折りたたむように、あるいは卵のなかに還るかのように。

孔雀青の羽根が舞いあがるなか、眠り姫のような姑娘を抱き締めて、鴆がひとつ、息をついた。

◇

身のうちから喰い破られて、慧玲の魂が落ちていった先は地獄ですらなかった。

地獄ならば、まだ。

だが、あれは異様なほどに穏やかな、混沌だった。

なにもかもが、そこでは無い。意識も魂もひき砕かれて、ぐちゃぐちゃのからっぽになる。慧玲という姑娘がいたことも――その時、声が聴こえた。

聴きなれた毒のある声だ。

縋りつき、助けをもとめる言葉はこの期に及んで、声にはならなかった。だが、彼は慧玲の悲鳴を聴きとどけた。

「鴆」

彼だけだ。彼だけが。

混沌の底まで、彼女を追いかけ、落ちてきてくれた。

「ありがとう、私を迎えにきてくれて」

抱き締める腕の強さに身をゆだねて。

ひとつだけ、涙をこぼした。

◇

後宮の毒疫患者の連続死について調査していた鴆が、宮廷官巫の罪を摘発したことによって、宮廷は混乱の坩堝となった。

女官全員を捕縛して調査を進めるという強硬手段は、元老院を筆頭として宮廷から非難を受けた。だが、宮廷官巫の季宮より押収された粥から麦角菌が検出され、事態は急転する。

麦角菌の危険性は、宮廷でも周知の事実だ。

さらには季宮から薬物の製造につかわれていた施設が見つかった。

それればかりか、地下室からは麦角中毒で足や手が壊死した末期患者が大勢保護されて、ついに事件の全貌が白日のもとにさらされた。

後宮の毒疫患者に麻薬効果のある毒を振りまいたのは宮廷官巫であり、首謀者は秋妃たる月静であるという事実が立証されたのだ。

これには元老院も官巫をかばいきれず、以後は沈黙に徹している。


…………


風が吹きつけるなか、静は鵲をかたどる黄金の橋にたたずんでいた。

事件後、静は心神を喪失した。

毒疫患者を毒殺し、女官に薬物を投与したという罪で静は捕縛されたが、いかに尋問しても放心している彼女をみかねて、死刑は免除。監禁処分ということになった。

前提事実として、静は幼少期から先妃に薬物を盛られ、洗脳されていた。彼女もまた被害者だ。

官巫女官たちは秋の季宮で療養させられているが、薬物がなくなったことで錯乱し朝から晩まで泣き続けていた。これは地下室から救助された患者たちも同様だ。欠損のある患者たちは治療の経過次第で義肢を与えられることになった。

解毒はできても中毒を克服するまでには時間が掛かる。

静には監視がついていたが、食事も取れないほど衰弱した彼女が宮を抜けだすとは誰も想定しておらず、段々と杜撰《ずさん》になっていった。

静はそんな監視の隙を突き、平旦の終（午前五時）に窓から抜けだした。

鵲の橋は秋宮から冬宮に渡る橋で三階建てほどの高さがある。静は飾りたてられた橋の欄干を跨《また》いだ。

「これいじょう、ここにいたくない」

静はみずから命を絶とうとしていた。

家族の死を想いだしてしまったからだ。

彼女の家族は農民から徴税する税吏《ぜいり》という役人だった。税吏のなかには過度な税を巻きあげて横領するものもいるが、静の親は汚職など考えたこともなかった。だが、先帝の頃は凶作が続いても免税がなされず、民に過酷な税が課される事態が相ついでいた。

滾《たぎ》る怨嗟は農民たちを賊に変えた。

税吏にたいする逆怨《さかうら》みから賊は静の家族を惨殺した。

腹を裂かれて臓物をこぼしながら這いずる兄たちの姿が、農具の柄で串刺しにされた母親の死に様が、静が賊に強いられたおぞましいことが、頭のなかであふれかえる。

「たえられない……でも、死んだら、つらいことはなくなるもの」

東から夜の帳がほどけて、朝がすぐそこまできていた。

捕まるまえに逝かなければ。

彼女を誘《いざな》うように橋の底から風が吹きあがった。あとは身を投げだせば、逝ける。なのに、静はどうしても最期の一歩を踏みだすことができなかった。

「生き残って、あなただけは――」

声が、聴こえた。

これまで神託をくだして静を導いてくれた神様の声ではない。彼女を助けだし、育ててくれた先妃《お母様》の声でもなかった。

だが、懐かしい声だ。

「お母さん」

この声は、彼女を産んでくれた母親のものだ。そう想いだしたのをきっかけに家族の声が次々によみがえってきた。

「妹だけは助けてください――」

「私たちはどうなっても構いません、どうかこの姑娘《こ》だけは――」

家族は息絶えるその時まで、懇願を続けた。

静が殺されずに済んだのは首領の気紛《きまぐ》れなどではなかったのだ。この命は家族の愛に助けられたものだった。

母親は事切れるまえに静を抱き締め、祈るように囁きかけた。

「これからさき、どれだけつらいことがあっても。命さえあれば、いつかは幸せになれるから。だから、希望を、捨てないで――」

ぜったいに忘れてはいけなかったことを、忘れていた。

静の青ざめた頬に涙がつたう。凍結していた感情が雪融けるように涙はひとつ、またひとつと風に舞った。

「静様！」

不意に後ろから抱き寄せられた。

「どうか、逝かないでください、静様！」

「こんなにつらいのに、静様までいなくなったら、私たち、どうしたら」

幼い官巫女官たちがいつのまにか、静を取りまいていた。静が抜けだしたところをみたものがいたのだろうか。

腰を抱き寄せられ、腕を引っ張られて、静は橋の中側に連れもどされる。

「静様、神様の薬がなくなってからつらいんです、つらくてつらくて」

「わすれたかったことばっかり、想いだして、でも」

「静様がいなくなるほうが、ずっとつらいよおぉ」

「静様だけが、助けてくれたんだもの」

女官たちの言葉に静は身を縮ませ、震えあがる。たえられないほどの良心の呵責があった。なかば悲鳴のように静はつぶやく。

「助けてなんか、いない。だって、あれは」

喉がつまる。

認めるのはこわかった。認めたら最後、先妃《お母様》からもらった幸福も救済も嘘になってしまうから。

だが、すでに幸せな夢は壊れて、静の眼は現実を映していた。

だからこそ、彼女はしばらく心神喪失したのだ。特に地下室から救助された患者たちの壊死した身体を目のあたりにしたとき、静は慄然とした。なんて取りかえしのつかないことをしてしまったのかと。

慚愧《ざんき》の念に堪えず、静は声を嗄らして言いきる。

「あれは毒だった！　私は、あなたたちを助けられてなんかいなかった！　ごめんなさい……ごめんなさいっ」

怨まれるに違いない。橋からたたき落とされても、あまんじて受けいれるだけの決意をもって、静は罪を認めた。

だが、女官たちは静を責めるどころか、彼女を抱き締めて訴えた。

「違うんです、静様」

「薬をくれたから、じゃないんです。私たちの幸せを願ってくれたのは静様だけだったんです。地下室の患者たちもそう。私たちはちゃんと、救われていた。救われていたんですよ」

静が眼を見張り、ぼたぼたと涙をあふれさせた。もはや、なにひとつ言葉にはならなかった。

静は女官たちと抱きあい、泣き続ける。

風が吹いた。咲き残っていた八重桜が散る。咲いたかぎり、花は散り逝く。だが、それは春にまた咲き誇るためだ。

時が経てば、また幸福のつぼみは綻ぶ。命あるかぎり、何度でも。

◇

離舎の窓から朝の日が差す。

暖かな春の日差しが、眠り続ける姑娘の瞼に触れて白霜《はくそう》の睫を透かす。だが、姑娘は浅く呼吸を繰りかえすばかりで、起きることはなかった。

「慧玲様……」

藍星は涙をこぼして、慧玲の側に寄りそう。

秋の季宮の事件から約五日が経った。鴆に連れられて季宮から帰ってきた慧玲は、あれきり意識を取りもどさない。

「なにがあったんですか。どうして、こんな」

秋の季宮でなにがあったのか、藍星は報されていない。

藍星はすがりつくように慧玲の手を握り締めた。脈は落ちついている。だが慧玲の手は傷つき、荒れていて、ぼろぼろだった。いつだってそう。これは薬を造る手だ。

「薬……そう、ですよね」

藍星は唇をひき結んで、指をほどいた。星のほくろを濡らす涙を、女官服の袖で拭きとる。ついでに頰をたたいて、活をいれた。

いまだって、まだ、患者はいるのだ。

季宮の地下室から救助された患者たちはなぜか解毒が終わっていたが衰弱しており、薬膳で心身を補わなければすぐにでも命を落としかねなかった。

藍星は慧玲から託されたのだ。患者を、命を。

「調薬、続けます」

慧玲様が還ってくるまで、私が頑張らないと。

強い眼差しになった藍星が離舎を後にする。風が窓から吹きこんで、枕もとにおかれた孔雀の笄が微かに揺れた。


…………


鶏鳴（午前二時）の鐘が鳴った。

宮廷から燈火が絶えることはないが、殿舎は時々見張りの衛官が通るだけで静まりかえっていた。つぼみを膨らませた杜若《かきつばた》だけが、中庭のうす暗がりにならんでたたずんでいる。

「鶏鳴かぁ。朝から晩まで取り調べばっか、そんなに喋ることないっての」

ぼやきながら、廻廊を渡ってきた男がいた。竜劉だ。

「程よく剣が振れて楽ちんな職だとおもっていたんだけどなあ……ん？　なんか、うまそうなにおいが」

腹が減っていたのもあり、劉は食事の香りに惹かれて寄り道をする。

香りは宮廷の庖厨から漂ってきていた。

「こんな時刻に？」

宴会の時は早朝から支度をすることもあるが、大抵は平旦（午前四時）からだ。窓から覗けば、髪をふたつにまるめて結わえた姑娘がひとり、まな板にむかっていた。

明藍星だ。

「女は根性、女は根性」

藍星はお経のようなものを唱えて、精神統一をはかっている。

「えいやあぁぁ」

奇声をあげて、藍星は庖丁を振りおろす。

「ふふっん、どんなものですか。私だって、やればできるんですよ！」

押さえつけていたすっぽんの頭を、いっきに落とした。

盛大なひとりごとだ。そこまではよかった。だが、勝利を確信して気が弛んだせいか、切断したすっぽんの頭にがぶっと咬みつかれた。

「ぎっやあぁ、やめてぇ咬まないでぇぇ」

藍星はべそをかきながら、腕を振って、すっぽんを振りはらった。死んでいたため、幸い大事にはならなかったようだが、気分はただださがりである。

「ええっと、確か、まずは甲羅のふちに庖丁をいれて、まわしながらこう、剝がして」

気を取りなおして藍星は下処理を進めていく。喧しい割には手際がよかった。庖丁ではないが、同様に刃物を扱うものとして彼女の動きには眼を見張るものがある。

「いやあ、たいしたもんですねぇ」

拍手をしながら声をかければ、藍星は「にゃわわっ」と声をあげて肩を跳ねあげた。

庖厨に入ってきた劉を振りかえり、目をまるくする。

「食医様についてまわってるだけのおまけみたいなもんだとおもってましたけど、すごいじゃないですか」

彼なりに褒めれば、藍星はふふんと胸を張った。

「そうでしょう、なにせ、私は慧玲様の――」

声をつまらせて、藍星は瞳を潤ませた。

だが、感傷を振りほどいて、彼女は晴れわたる青空みたいに笑った。

「後宮食医つきの女官なんですからねっ」

◇

離舎は今朝も静まりかえっていた。

いつまで経っても、細い煙があがることはない。

紅葉の進んだ竹の葉が風に舞う。後宮は夏にむけて緑のあふれる時季だというのに。

鴆は落葉を踏みつけてため息をついた。

　離舎のなかは暗く、薬のにおいだけがつんと漂っていた。

　寝台では銀髪の姑娘が死んだように眠り続けていた。

　七日経っても、慧玲の意識は還ってこなかった。毒を吸いすぎたせいか、それとも胸から華が咲いたせいか。

「さぞや、いい夢をみているんだろうね」

　安らかな寝息をたて続ける慧玲を覗きこみ、鴆がつぶやく。

「還ってこなければ、あんたは幸せだろう」

　寝台に腰掛けて、ほどかれた髪を梳く。昏睡《こんすい》しているかぎり、白澤の証たる笄をその髪に挿すこともない。

　重荷をおろすことができる。

「幸せでいたければ、僕がいま、その息の根をとめてあげようか」

　喉に指を落とす。絡めるのではなく、触れるだけ。

　彼女の睫は死を拒絶するように微か、震えた。意識はなくとも、魂はそこにある。ならば聴こえるはずだ。

「だったら、還ってきなよ。ここが貴女の地獄《げんじつ》だろう？」

　彼女は地獄を進むと決めたはずだ。

毒と薬。それぞれの魂が渡ってきたふたつの地獄があのとき、ひとつになった。

「あんたがいない地獄なんか――」

いっそ、なにもかもを毒してしまおうか。危険な想いが鴆の眼睛によぎる。だがそれも長続きはしなかった。

「夢のなかで、ひとりになんてなるなよ。迎えにいけないだろう」

鴆が悔しげにつぶやき、蜘蛛の糸を垂らすように身をかがめた。

青ざめた唇に接吻を落とす。

「僕を、ひとりにするな」

◇

昏睡する慧玲は夢をみていた。

「慧玲」

声をかけられて視線をあげれば、慧玲の母親がいた。

死んだ時と変わらず、結いあげた髪に孔雀の笄を挿して、男物とも取れる襦裙を身につけている。

「母様？」

母親の夢をみる時はきまって、うなされる。また怨みごとを投げつけられるのではないかと身を強張らせたが、母親は怨嗟を滾らせた眼ではなく、愛しむような眼差しをそそいできた。

「どうしたのですか、ぼうっとして」

母親が身をかがめていることに違和感をおぼえた。いつのまにか、慧玲の背が縮んでいる。八歳前後の姿になっていた。

「あ……ごめんなさい」

「あやまることはないですよ。疲れているのでしょう？」

頭をなでられる。

「よく頑張っていますね」

これまで母親からそんな言葉をかけられたことはなかった。眠らずに調薬を続けた時も、凍りついた海に落ちた時だって、母親がその頑張りを認めてくれたことはない。

慧玲がひたすらに戸惑っていると厚みのある声がした。

「そなたには苛酷なる宿命《さだめ》ばかりを負わせてしまったな。愛しいひとり姑娘だというのに。すまない」

向かい側の椅子には父親たる索盟先帝がすわっていた。壊れていた時の剣呑さはなく、何処までも穏やかだ。

「そのような」

　慧玲が袖をあげ、低頭する。索盟はこまったように苦笑した。

「畏まるでない。いまは皇帝と帝姫ではなく、ひとつの家族として、ともに食卓をかこんでいるのだから」

　そこまで言われてはじめて、食卓についているのだと気がついた。

　食卓にはあふれんばかりに薬膳がならべられている。とろとろに煮こまれた参鶏湯《サムゲタン》、根菜を練りこんだ焼売《シュウマイ》、鯛の甘酢揚げ、豚の角煮まであった。窓からは日が差して食卓を暖かく照らしている。

　ぐうとお腹が鳴いて、慧玲は頬を紅潮させた。

「あ……」

「ふふふ、可愛らしいこと」

　お腹が減っていた。空腹を感じるなんて、いつぶりだろうか。

　想いかえせば、この頃は患者に薬膳をつくるばかりで、落ちついて食事を取ったことはなかった。

「おまえのために薬膳をつくったのですよ。好きなだけ食べなさい」

　慧玲は幼いころから母親の薬膳が好きだった。

　彼女の薬膳は強かった。万毒を退け、未病の憂いをも絶つ浄火のような薬だ。だが、食せば暖かく、慈愛に満ちていた。

慧玲はうながされ、嬉々《きき》として匙を取る。

食すまえにあらためて食卓の風景を眺める。父親がいて、母親がいて、微笑みながらともに時を過ごしている。

理想の幸福だ。

時々、想像したことは、あった。父親が壊れず母親が命を絶たず、毒を知ることもなく薬だけを造り続けることができていたならば、どれほど幸せだっただろうかと。

「これまで、つらかったですね。これからは頑張らなくていいのですよ」

語りかけてきた声はやわらかく、いたわりに満ちていた。

知らず、涙腺が弛む。

「母様」

だから理解してしまう。これはゆきどまりの夢だと。

夢に留まるかぎり、彼女はひとりぼっちだ。

縦型の大きな窓から風が吹きこみ、微かに香《こう》が漂ってきた。いつからか、愛しいと想うようになった毒の馨《かお》りだ。

「いただけません、母様、父様」

静かに匙をおいた。

毒を喰らわなければ、知ることのできなかった幸福がある。傷つき、傷つけて、つかんだ愛がある。

夢のなかにいては、進まなければ、助けられないものがある。

「私は、まだ」

母親が唇をかみ締め、なにかを言いたげにする。

だが、索盟は「そうか」と息をついた。

「還りますね」

慧玲は食卓の椅子から立ち、振りかえらずに進んでいく。

果てのない廊下は進むほどに窓が減って日差しが陰る。だが臆することはなかった。

毒の馨りが導いてくれる、彼女の愛する地獄《げんじつ》まで。

◇

唇に毒の香が、触れた。

離舎に充満する薬のにおいを退けて、鴆という男に浸《し》みついた毒が馨る。蜘蛛の糸をよすがにして、慧玲の意識はやさしいばかりの夢の底から還ってきた。

「鴆」

瞼をあける。待っていたのは紫の双眸《ひとみ》だ。酷く荒んだ寂寞を滲ませていた。

ああ、そうか。彼を、孤独にさせた。

「夢をみていたの」

眠りすぎて痺れている腕を持ちあげ、慧玲は鴆の髪を梳いた。艶やかな髪は夜蜘蛛の紡いだ糸を連想させ、慧玲の身を絡めとるように垂れていた。

「幸せな夢だったか」

「そうね、でも……」

鴆の髪をつかみ、ひき寄せる。慧玲から唇を重ねた。

触れるだけの接吻《くちづけ》。彼女から接吻をするとは想像だにしていなかったのか、鴆が不意を突かれたように戸惑いを覗かせる。

「あの夢のなかにはおまえがいなかったから」

おまえがいなければ、幸せでも孤独よ――

言外に秘めた慧玲の意を理解して、鴆はたまらなく愛しげに眼を細めた。彼は再び唇を寄せた。だが接吻する暇もなく、背後で声があがった。

「慧玲様！」

藍星が抱えていた籠を放り捨てて、かけ寄ってきた。

猪のような勢いだ。鴆はやれやれとあきれながらも身を退く。藍星が号泣しながら寝台に乗りあげてきた。

「慧玲様、よかった、よかったあぁぁぁ」

藍星の服からは薬のにおいがした。

そうか、藍星は約束を果たしてくれたのだ。

「私が倒れているあいだ、ずっと、頑張ってくれていたのですね。ありがとうございます。藍星、あなたならばできるとおもっていましたよ」

「うわあぁぁあん、慧玲様あぁぁ」

藍星は洟《はな》をすすりながら慧玲に抱きつき、その胸に額を埋めた。

離舎まで見舞いにきたらしい雪梅、小鈴、李紗と卦狼が後から続く。

「まったくこの姑娘《こ》は心配ばかりかけるんだから。わざわざこんな遠いところまできて損をしたわ」

「雪梅様、涙が」

「泣いてなんかいないわ」

「ですが」

「泣いていないって言っているでしょう」

雪梅が意地を張るので、小鈴は苦笑する。李紗は「よかった」と言いながら涙がとまらなくなって、卦狼がその震える肩を抱き寄せてなだめていた。慧玲の身を案じて、生還を喜んでくれるひとたちがいる。

「……どんな夢だって、現実《こちら》ほどに幸せではないもの」

慧玲はつぶやき、満ちたりたように微笑む。

還ってこられてよかった。

鴆はしばらく壁にもたれて様子を眺めていたが、綻ぶように微笑んで背をむけた。彼らしくもない、毒のない微笑だ。

なぜだか、それが慧玲の胸に残る。追いかけたかったが、できなかった。

窓から東風がさやさやと吹きこんでくる。緑の芽吹きをうながす、露の風だ。嵐続きの春は終い、じきに雨季がやってくる。雨季は毒が盛んになる時期でもある。

だが、憂いはなかった。

万毒を絶つ、という白澤の誇りから、ではない。

ひとりでは絶てぬ毒であっても、彼女には助けてくれるひとたちがいる。だから、いかなる毒であれ、おそれることはないのだと。

慧玲はいま、強く、それを感じていた。


…………

唇にはまだ、微かな火が燈っていた。

毒を帯びた緑火《りょくか》だ。

鴆は熱の残滓《ざんし》を確かめるように唇をなぞり、微笑を洩らす。

強かで脆く、敏《さと》くて愚かな姑娘。最強の薬にして、その魂には地獄のような毒を飼っている。いびつな壊れものだ。

だから、愛しくてたまらない。

「この僕がここまで惚《ほ》れるなんてね」

だが、惚れるに値する姑娘だ。この身の毒を残らず、捧げても悔いがないほどに。

不意に笹の葉陰から蛇が這いだしてきた。紫の鱗を持った毒蛇だ。

「生き延びたのか……おいで」

鴆は指を差しだすが、毒蛇は動かなかった。

蛇は牙を剝き、鎌首をもたげて鴆を睨みつける。

鴆が飼っていた蟲は九割がた死に絶えた。微毒なものだけは残ったが、鴆の命令に順うことはなかった。

人毒を、喰われたからだ。

すでに鴆の身は毒を帯びていない。本能で強い毒に隷従するだけの蟲たちが、鴆のもとに残るはずがなかった。

「だったら、ここでさよならだ」

鴆は低く嗤い、短剣を振りおろす。

特殊な毒のある蛇を後宮に残しておくわけにはいかない。蛇は威嚇していた割には抵抗せず、一撃で頭を貫かれた。

五分の情くらいはあったのか。

髪を搔きあげ、いまとなっては不要なはずの煙管に火をつけた。紫の煙はたなびき、空に吸いこまれていく。

煙に群がるように雲が渦をまいた。

◇

貴宮では春を終えても桜が咲き続けていた。

桜だけではない。梅が綻べば紅葉が錦を織りなし、紫陽花《あじさい》も青いつぼみを弾けさせている。裏がえせば、ここに春はない。

春夏秋冬が取りまく水晶宮では皇后である欣華が花を弄んでいた。

「皇后陛下、ご報告いたします。儒皓梟の処分が確定しました。約十二カ月間の謹慎処分です。調査隊には解散命令がくだり、今後廟の調査を続けることは不可能かと考えられます」

冬の宮の女官は報告を終え、低頭してさがる。続けて、後ろに控えていた秋の宮の女官が袖を掲げながら前に進む。

「月静が意識を取りもどして証言を始めたことで事態の経緯が明確になってきています。月静は秋妃を辞退。宮廷官巫は事実上、廃止となりました」

「そう、お疲れ様」

欣華は微笑んで、ふたりを退室させた。

皇后の息が掛かったものはあらゆるところにいる。春宮、夏宮、秋宮、冬宮にかぎらず、宮廷、果ては都にまであますところなく。彼等は絶えず、欣華の目となり耳となり脚となっていた。

欣華が知らないことはない。

飾り壺には梅や萩《はぎ》と一緒に雪柳が寄せられていた。欣華は雪柳に皓梟を重ねているのか、哀れむように喋りかける。

「皓《シロ》ちゃんは可哀想ね。欲張りで浅はかな宦官を調査隊に組みいれたばかりにこんなことになってしまって。石棺のなかに偶然金塊があって、それがたまたま地毒を帯びていた――なんて都合のいい話があるはずがないのに、愚かよねぇ」

欣華は枝垂れた雪柳を握り締めて、ぐちゃぐちゃにもぎ砕いてしまった。人理石の床になごり雪のように花の残骸が散る。

「廟は妾の領域だもの。女の寝房《しんじょ》を踏み荒らすようなことは許せないわよねぇ」

ついでに神様の声を真似て愚かな秋妃に囁きかけてあげた。

毒疫に蝕まれたものたちに薬をあげてはどうか。先の秋妃《お母様》ならば、きっとそうしたはずだと。

「そうしたら、宮廷官巫まで滅んでくれた。ふふ、妾の思ったとおりに踊ってくれて、なんていい姑娘《こ》たちなんでしょう」

現在の宮廷官巫は異能を持たないが、昔は有能なものがいて、ほんとうに天地神明の声を聴いていた。またいつ、そのようなものが現れるか知れなかった。危険なものは根から絶つにかぎる。

「さあ、これで舞台が整ったわ」

皇后は微笑んで、微かに膨らんだ胎をなでた。

…………

時をさかのぼること、約三ヶ月前。

皇帝が崩御するとその亡骸《なきがら》は納棺され、骨になるまで祀られる。これを殯《もがり》という。

窓という窓が帳に蓋《おお》われた殯宮《ひんきゅう》はうす暗かった。死臭をやわらげるための香がたかれているが、饐《す》えた臭いとまざって噎せかえりそうだ。

宮を訪れた欣華は棺を覗きこみ、睫をふせる。

「ほんとうに可哀想ねえ、あなたって」

横たわっているのは惨たらしい骸だった。

雷に打たれた雕皇帝の骸には青紫の火傷が残されていた。肌の裏側に毒の根が張ったような痕に触れながら、欣華が囁きかける。

「せっかく皇帝になれたのに、最後まで満たされなかったのよね。幼い時からずうっと有能な弟と比べられ続けて、父親にもでき損ないだと疎まれ、結局はこんなふうにあっけなく……ふふふ、でもよかったわねえ」

これって楽な死にかたよ、と彼女は微笑んだ。

二度とは動かぬ胸に鼻を寄せ、欣華は唇をとがらせる。

「約束はしたけど、まずそうねぇ。これなら、戦場に転がっている兵隊たちのほうがまだ、おいしそうだわ。どうしようかしら」

思案してから、彼女は遠い眼をする。

「でも、想いかえせば、あなただけだったわね。人を喰らう妾《わたし》をみて、綺麗だといってくれたのは」

ほっと息を洩らして、棺にひとつ、花を落とすようにつぶやいた。

彼女の安寧が破られたのは千年ほど昔のことだ。

それまでは異境の地の神殿で時々捧げられる贄《にえ》を喰らいながら惰眠を貪っていた。ある時を境に贄が絶え、飢えた彼女はその地を離れて大陸を彷徨いつつ、戦禍を煽《あお》っては戦死者たちを喰らい続けてきた。

彼女は時に神だと称《たた》えられ、時には化生だと疎まれた。

饕餮と称されていた時代もあったように想う。

そんなとき、なにもかもが死に絶えた戦場の果てで臆病な男と逢った。負傷して、争いが終わるまで繁みに隠れ続けていた男だった。

骸の山に腰掛け、血潮に濡れた唇で歌を口遊んでいた彼女をみて、男はなにをおもったのか、滂沱《ぼうた》の涙をあふれさせて跪いた。

「綺麗だ」と言って。

意外だった。

みな、彼女が微笑んでいるうちは絶世の華だと愛でるが、人を喰らいだすと恐怖して遠ざけた。彼女はただ腹を満たしていただけなのに。

貴女ほど綺麗なものをみたことがないと男は感嘆の息を洩らし、しばしためらってから尋ねてきた。

「触れても、よいだろうか――」

彼女を寵愛《ちょうあい》するものは後を絶たなかったが、あれほど真摯な、震えを帯びた懇願の声をかけてきたものはいなかった。

彼女の動かぬ脚に触れ、男は歓喜した。感極まり、声をあげて泣き崩れる男の髪をなでながら彼女は奇妙な熱を感じた。

愛など、解らないけれど。

「嬉しかった。そうねぇ、嬉しかったのよ、とても」

だから約束は果たしてあげましょう――

欣華は皇帝の頬に接吻を施すように花唇《かしん》を寄せた。

華奢な顎をひらき、舌を覗かせる。

「いただきます」


…………


その朝は後宮に黄雀風《おうじゃくふう》が吹いた。

霖雨《りんう》の訪れを予感させる風だ。

欣華皇后は宮廷侍医の診察を受けていた。侍医は脈を確かめて報告する。

「皇后様、奇蹟《きせき》です。ご懐妊なさっておられます――」

程なくして、皇后の懐妊が公表された。

参考文献（敬称略）

土方康世『臨床に役立つ五行理論―慢性病の漢方治療』（東洋学術出版社）

王財源『わかりやすい　臨床中医診断学』（医歯薬出版）

王財源『わかりやすい　臨床中医臓腑学　第4版』（医歯薬出版）

伊藤清司著　慶應義塾大学古代中国研究会編『中国の神獣・悪鬼たち―山海経の世界（増補改訂版）』（東方書店）

山田慶児編『物のイメージ・本草と博物学への招待』（朝日新聞社）

孟慶遠編纂　小島晋治・立間祥介・丸山松幸訳『中国歴史文化事典』（新潮社）

村上文崇『中国最凶の呪い　蠱毒』（彩図社）

喩静・植木もも子監修『増補新版　薬膳・漢方　食材&食べ合わせ手帖』（西東社）

中山時子監修　木村春子・高橋登志子・鈴木博・能登温子編著『中国食文化事典』（角川書店）

田中耕一郎編著　奈良和彦・千葉浩輝監修『生薬と漢方薬の事典』（日本文芸社）

ジョン・マン著　山崎幹夫訳『殺人・呪術・医薬　毒とくすりの文化史』（東京化学同人）

齋藤勝裕『「毒と薬」のことが一冊でまるごとわかる』（ベレ出版）

鈴木勉監修『【大人のための図鑑】毒と薬』（新星出版社）

<初出>
本書は、「小説家になろう」に掲載された『後宮食医の薬膳帖 廃姫は毒を喰らいて薬となす』を加筆・修正したものです。

メディアワークス文庫

後《こう》宮《きゅう》食《しょく》医《い》の薬《やく》膳《ぜん》帖《ちょう》3

廃姫《はいひ》は毒《どく》を喰《く》らいて薬《くすり》となす

夢見里《ゆめみし》 龍《りゅう》

2024年4月25日　初版発行

発行者　山下直久
発行　株式会社KADOKAWA
〒102-8177　東京都千代田区富士見2-13-3
0570-002-301（ナビダイヤル）
装丁者　渡辺宏一（有限会社ニイナナニイゴオ）
印刷　株式会社暁印刷
製本　株式会社暁印刷

ISBN978-4-04-915735-2 C0193

メディアワークス文庫　https://mwbunko.com/

本書に対するご意見、ご感想をお寄せください。

あて先
〒102-8177　東京都千代田区富士見2-13-3
メディアワークス文庫編集部
「夢見里 龍先生」係

死者殺しのメメント・モリア

夢見里 龍

時を刻り、永遠を生きる少女と死神の物語。

死は平等である。富める者にも貧しき者にも。だが時に異形となる哀れな魂があり、それを葬る少女がいた。

モリア=メメント。かつて術師の血を継ぐ王族の姫だった娘。特別な力をもち、今は刻渡りの死神シヤンとともに、あるものを捜して旅をしていた。

シヤンのもつテンプス・フギトの時計に導かれ、あらゆる時と場に彼らは出向く。現代ニューヨーク、17世紀パリ、時代と場所が変わっても、そこには必ず、死してなお悪夢を見続ける悲しい亡霊たちがいた——。

死は等しく安らかに——祈りをこめてモリアは死者を葬る。永遠を生きる時の旅人がつむぐ、祈りと葬送の幻想譚。

メディアワークス文庫

後宮の夜叉姫
[著]
仁科裕貴
メディアワークス
既刊5冊
発売中!

後宮冥府の料理人

土屋 浩

死者を送る後宮料理人となった少女の、
後宮グルメファンタジー開幕！

処刑寸前で救われた林花が連れてこられたのは、後宮鬼門に建つ漆黒の宮殿・朧月宮（ろうげつきゅう）。そこは死者に、成仏するための「最期の晩餐」を提供する冥府の宮殿だった――。

謎めいた力を持つ女主人・墨蘭のもと、林花は宮殿の料理人として働くことに。死者たちが安らかに旅立てるよう心をこめて食事を作る林花だが、ここへやってくる死者の想いは様々で……。

なぜか、一筋縄ではいかないお客達の願いを叶えることになった林花は、相棒・猛虎（犬）と共に後宮を駆け巡る――！

後宮鬼門の不思議な宮殿で、新米女官が最期のご馳走叶えます。

皇帝廟の花嫁探し
～就職試験は毒茶葉とともに～

藤乃早雪

管理人希望だったはずなのに、ド貧乏田舎娘の私が次期皇帝の花嫁候補!?


　家族を養うため田舎から皇帝廟の採用試験を受けに来た雨蘭。しかし、良家の令嬢ばかりを集めた試験の真の目的は皇太子の花嫁探しだった！

　何も知らない雨蘭は管理人として雇ってもらうべく、得意な掃除や料理の手伝いを手際よくこなして大奮闘。なぜか毒舌補佐官の明にまで気に入られてしまう。しかし、明こそ素性を隠した皇太子で!?

　超ポジティブ思考の雨蘭だが、恋愛は未経験。皇帝廟で起こった毒茶事件の調査を任されてから明の態度はますます甘くなっていき――。

　第８回カクヨムWeb小説コンテスト恋愛部門《特別賞》受賞の成り上がり後宮ロマンス！

だって望まれない番ですから1

一ノ瀬七喜

竜族の王子の婚約者に選ばれた、人間の娘——壮大なるシンデレラロマンス！

番（つがい）——それは生まれ変わってもなお惹かれ続ける、唯一無二の運命の相手。

パイ屋を営む天涯孤独な娘アデリエーヌは、竜族の第三王子の番に選ばれた前世の記憶を思い出した。長命で崇高な竜族と比べて、弱く卑小な人間が番であることを嫌った第三王子に殺された、あの時の記憶を。再び第三王子の番候補に選ばれたという招待状がアデリエーヌのもとに届いたことで、止まっていた運命が動きはじめ——。やがて、前世の死の真相と、第三王子の一途な愛が明かされていく。

メディアワークス文庫

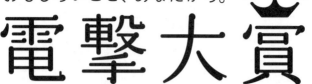